人生シネマ

歳月、そして家族の情景

清雄策

22世紀アート

まえがき

八年前から新樹くらぶ（代表木邑文一）同人の隔月発刊の同人誌に、身辺や仕事で出会った家族の問題を中心に書いてきました。特に母や叔母の介護、実弟のすい臓がん疾患を通して、人の生老病死を体験的に考えさせられました。

仕事に没頭していたときには、遠くにあったものが一気に身に迫って来たのです。自分自身が年を重ねないと分からないことだったかも知れません。

しかしこの体験をまず私自身の家族に伝えておきたいと思いました。

平均的な市民として普通に生きてきた家族が、時代の流れの中でめぐり合う様々な問題を、それぞれの方法で乗り切って終焉を迎える過程はどこにでもあると思います。

収録した私自身に関わるものは、ほとんど事実そのものです。家裁事件余話は私が取り扱った多くの事件の寄せ集めと創作が入っています。墓守りも事実にフィクションを交えた私の考えです。別れ雪と春の雪は、うそとほんとをこき混ぜた、あったようななかったような話です。

興味のわくままに読んで、少しでも生きるヒントをお与えすることができれば幸いです。

平成二十三年　梅香の候

目次

I　家族の情景

わが一枚の写真

一枚の写真を選ぶことがこれほどむずかしいとは思わなかった。写真とは一体何だろう。生き来し方の記録の断片である。私の七十有余年の人生の断片、数百枚の中の一枚である。その人の生きることと関わりがない写真は、人物にせよ風景にせよ、その人にとっては絵葉書に等しい。どれほど絵画に感情移入したとしても自分そのものが直に関わった写真とは質的に異なる。それぞれの人の手元のアルバムにはそれぞれの生きてきた道のりが貼られている。

決断してここに取り上げたわが一枚の写真は、それがどのような経緯で写されたものか知らない。まだ私は二歳になっていないので記憶の外である。昭和十年の秋のことと思う。母は弟の出産を控えて臨月である。右端は母の裁縫の教え子だった方で家事育児を手伝っていただいたと聞いている。父母が結婚して二年あまり、二人とも二十代後半で父は健康そうで若々しい。この後六年足らずでこの世を去ってしまうとは、本人はもちろん母も予想もしなかったことだろう。

私はまだ片言だったと思う。古いアルバムにはこの写真の前にもう一枚貼ってある。一歳の誕生日の記念で私一人だけのものである。どちらを選ぶか迷ったが、この両親から私がこの世に生まれ出たことを語らせるためにこちらを選んだ。

二歳に満たない私の脳細胞はまだまだ未成熟である。それでも写真の私は、外界の刺激に受身に反応するだけではなく、指示に従って条件反射的に受け答えする姿勢が整えられているように見える。まだ脳内の記録紙は真っ白のままである。自分で判断できるまでの心身の発達に達して、初めて記憶の原点がそこに刻まれるだろう。

自分に関わる写真を意識し始めたのは高校生になってからだったと思う。「自分がこの世に在る」そして「何故在るのか」という意識の芽生えかと思う。ただ私が生き方の出発点を定めるにはもう少し書を読む時間をかけなければならなかった。

漠然とした「何故この世に在るのか」を自分なりに突き詰めるには二十歳前後まで二、三年を必要とした。この時期の内に潜むエネルギーや可能性を信じ、それを育む教育の大切さをどれほど強調してもし過ぎることはない。「鉄は熱いうちに打て」、言い古された言葉である。

この写真に込められた父母の思いを何も分からずに裏切ってしまった少年時代の数々の出来事が、忸怩たる思いで蘇ってくる。我が無明の愚かさである。この因果の輪は、私に限らず多くの人においても絶えることなく繰り返されていると思う。この夏百一歳の母を送って、最近「見るべきは見た」の心境に近い。

父の手紙

仏壇の引き出しを整理していたら、底板に張り付くように重なった薄い封筒が目に入った。中に手紙が入っている。封筒の表書きに「修一からの手紙」と、かすかに読めた。崩した書体で明らかに母の筆跡である。修一は母の夫であり、私の父の名前だった。

父は亡くなってかれこれ七十年近くになる。いぶかりながら、開封のままの封筒から手紙を取り出した。それは薄く質の悪い仙花紙三枚に、ブルーブラックのインクを使って細書きのペンでびっしりと書き込まれていた。罫線のない半紙大の白紙に一行が三十三字二十三行の文字が、少しのぶれもなくまっすぐに並んでいた。

父と母は静岡市郊外のT尋常高等小学校の教師をしていて知り合った。いきさつは知らないが、おそらく恋愛結婚だろう。結婚してから、二人はまた同じく郊外のO尋常高等小学校に転勤した。そこの教員住宅で私は生まれ、翌年の秋弟の智が生まれた。

父は早生まれで母より一歳年下だった。父は一般教科のほかに図工を教えていた。というより絵を描くことに生きがいを感じていたと思う。

二年後、二人はまた転勤した。母は市の中心部から北へ二十キロ以上ある安倍川沿いの山間のＳ村の学校へ、父は中心部の城内の小学校と職場が大きく離れてしまった。Ｓ村はその後静岡市に合併したが、当時は市街に住んでいる人たちからは、「やまが」と呼ばれた山間の僻地だった。唯一の交通機関であるバスも、一日に数えるほどしか通らなかった。

父は市内にあった祖父母と叔父が住むもともとの実家に戻り、私と弟と母は、学校近くの借家で生活することになった。私はここで四歳から五歳の二年半くらいの日々を過ごした。


父の手紙には末尾に十日とあるだけで昭和何年の何月かは定かでない。しかし文面から「やまが」生活の二年目の秋だろうと推測された。手紙はこのように始まっていた。

「唯今第五時が終わった。今度の日曜日が縣展の搬入締切になって居るから、山へゆくことが出来そうにない故手紙でその意を伝えて置きたい」

手紙は授業が終わった後、学校で書かれたものだった。

「憂鬱な長い雨も日曜を境に、月曜にはからりと晴れて、ぶつぶつ言っていた遠足もどうやらほがらかにすんだらしい。僕は余り強健でないからと言って二年のお供をしたが、病人が出ててんてこ舞いをした。海を見ていたら、僕の健康が回復したならまた楽しい海遊びができるだろうとそんな情景を胸にゑがいた」

古いアルバムに、浜名湖の弁天島での海水浴のスナップ写真が数枚残っている。おそらくこの手紙の前年の夏のことだと思う。母と私、智がボートに乗り、海中に胸の辺りまで入った父が後ろから押している。シャッターを切ったのは、勲叔父（当時静岡中学の二年生だった父の弟）だろう。スナップの一枚に叔父に背負われてまぶしそうな目をした私が写っている。

父はこの手紙を書いた後三年を経ないで亡くなった。このころすでに肺結核の初期症状だったのだろう。遠足は久能海岸辺りだったかも知れない。当時は地元の漁師の地引網漁もあるほど砂浜が広がっていた。

「山への往復はなんでもない様に見えたけれども、かなり体にこたえている。気分が悪いと云う程でもないけれど、なんとなく重苦しい感じがする。のんびりやってとは思うけれど、自分のことを考えて、はたとゆきづまることがある。出来るだけ無理はさけているが、縣展出品の絵には努力している。絵なんかやめてと云うおまえの考えも一応うなづけるが、僕はどうしても画筆をすてる気にはなれないから、自分のゆけるところまで行って見るつもりだ。理屈でなしに描いている時が天国なのだからね」

母はアトリエにこもりきりで描く父の姿に、病気を心配して言ったのかも知れないが、父にとって絵を描くということは生きる価値そのものだった。幼子を抱え教師として働きながら生活している母には、現実のその日その日を過ごすのがいっぱいで、その価値観が理解できなかったと思う。それに薄給の教師の身に油絵の絵の具代は重たかった。

「子供は回復したかね。いいとは思っているが、父恋うる子の事を思うと寝られぬ時があり、仰向いてゐても故知らぬ泪に枕が濡れる。早く一処にすめる様になるのが子供の幸福だと考えている。つまらぬ感情のやりとりにとらわれる事なく、早く里の方へ出る様お前自身努力する必要はないか。二十三日には出かけてくる様だが、天気にめぐまれてくれればよいと思っている。何れにせよ行ったり来たりすることはかなり無駄な努力のように思う。

元気で毎日が過ごせる様に毎日をお祈りしている。
次にゆうさくとさとるに書いて置くからよんでやってくれ」
父が絵を描くということに対する母の消極的な姿勢は、二人の間に隙間風を誘い込んだかも知れない。「つまらぬ感情のやりとりにとらわれることなく」という文言も私にはひっかかった。

当時四歳の私は父の手紙についての記憶はまったくない。母ははたして読んでくれたのだろうか？

「ゆうさくはもう病気がなおったかね。あんまり無理をいってお母さんやおねえさん（お手伝いさんのこと）に世話をやかせない様にしなくてはいけないね。今お父さんは一生懸命絵を描いているよ。この前の日曜にはゆくつもりでいたが仕事の都合でいけなかった。堪忍してね。今度の日曜も行けないかも知れない。たぶん行けないだろうが、さとるちゃんとなかよくして居てね。坊やの所だもの一日でもゆかずには居れないのだが、お父さんのからだがよわくてとてもかよいきれないからね。早くお母さんとさとるちゃんとみんなで町にこれる様にしようね。そうしてみんなして楽しく愉快に毎日が暮らせる様にしようね。お父さんはこうして書いている手紙の前におまえ達の顔がちらちらして悲しくて泣けてくるよ。決してお父さんの気が弱いからなのではないのだよ。なんだか知らない目にみえない力がそうしてくれるのだよ。よく云うことを聞いてじょうぶなよい子になって、お兄さんとしてはづかしくない様になって下さいね。ただそれだけがお父さんの今のたのみです。わるさをすると神様がばちをあたえます。よい子になってお父さんにもお母さんにもおじいさんにもおばあさんにも勲兄さんにもほめられる子になって下さいね」

翌年の一月に母は末弟の芳正を出産した。そしてその年の秋に再び転勤した。しかし新任地もやはり市街地から離れた安倍川を越えた丸子の学校だった。そして父と母の別居はつづいた。

一年後、私が小学校一年の秋、父は日赤病院に入院した。そして次の年の梅雨の最中にこの世を去った。

私も智も物心ついて以来父と母と一緒に生活した日々は一日もなかった。

この父の手紙を母がどのような思いで持ちつづけていたのか、母の真意は分からない。自分あてだけの手紙ならば残しておかなかったのかも知れない。もしかしたら父の最期の母に対する恋文だったのかも知れない。

百歳を超えた母が、最近こんなことを言った。「私は自分の命の長さについては十分で何も言うことはないけれど、人生については充分と言い切れないものがあったと思っている」

私は意味ありげな言葉だと思いながら聞いたが、母にその真意を問いただそうとは思わなかった。

母の生家

遠くの方から聞きなれない言葉が入り混じった話し声が耳に飛び込んで目がさめた。蚊帳の中である。緑色の麻の網布に赤い縁取りがされている。その細かな網目を通して黒くすすけた天井が見える。いつもの天井より随分高い。頑丈な梁が四方を囲んでいる。隣の八畳間との境は艶光りした板襖で仕切られている。ここは母の生家である。

八畳間の先はカチカチに固まってでこぼこした土間が広がっている。その先の東側の壁に沿ってかまどが並んでいる。話し声は母と祖母だった。母は普段とはまったく違った抑揚の言葉使いで訛りが強く、話の中身はほとんど聞き取れなかった。娘に返った母と祖母との会話は、この家で生まれ育った少女の時代に戻っていた。それは私の知らない世界だった。取り残された思いがかすかに胸の奥をかすめて行った。

無双窓から朝の光が差し込んで、その中にかまどの煙が泳いでいる。燃料は稲束だった。ぱちぱちとはじけて真っ赤に燃えるわらの火勢は強い。炊き上がっていく米飯の甘い香りが釜の蓋から噴出す蒸気にまぎれて漂ってくる。

夏の朝、早くから大戸は開け放たれていた。前庭の向こうにつるべ井戸がある。差渡し半間ほどで、大谷石を組み合わせて周囲が囲われて半月状の板で蓋がしてある。歳月を経た囲いの石は磨り減って、ざらざらした表面に固い石の破片が浮き出ていた。

のぞきこむと光のとどかない下で水面が揺らいでいる。竹竿に取り付けられた木桶を落として、ガチャガチャとしごいて水を汲み取って引き上げる。桶の水が多いと引き上げることができないので半分より少なめにする。しかしいったんいっぱいになった水を井戸の中で桶から吐き出させるにはなかなか苦労だった。

何回か引き上げきれずに竿を落としてしまったこともあった。そんなときは大人の手を借りなければならない。自分で無理に井戸の中へ手を伸ばすと頭から落ちてしまう危険がある。何回も失敗を母に告げに行くのは気が重い。雨の日は特に大変だった。それでも子供の成長は早い。一、二年経ったときには井戸の水汲みにそれほどの苦痛を感じなくなっていた。

だだっ広い板の間に畳み莫蓙が敷かれて食卓がおかれていた。炊き立ての白米のご飯は美味い。普段食べているものとは歯ざわりから違った。米粒の一つ一つに艶があって光っているように見えた。この辺りは天竜川の河口の東側に広がった肥沃な穀倉地帯であった。祖父は母が女学校入学の直前に当時大流行したスペイン風邪に罹って死亡したと聞いた。四十歳前半だったという。農業の中心は稲作でほかには自家消費の野菜を作っていただけだった。祖母が人手を借りて稲作をやりくりしていた。

屋敷の南側に瓦屋根の大きな土蔵があって米俵が山積みされていた。私が知る限り祖母は一人で住んでいた。牛や馬を飼っていたのを見たことはない。以前は家畜を飼っていたと思われる長屋にはいつも稲束が詰まっていた。

母の兄二人は家を出て浜松に所帯を持っていたので、末子の叔父が農業を継ぐ予定だったらしい。しかし叔父は昭和十二年七月、盧溝橋爆破で始まった日支事変で間もなく召集され一年あまりで戦死してしまった。一度だけ叔父に会ったことがある。田植え時期のことだった。苗をつかんで振り向いた目元が母にそっくりだった。

夏の午後、祖母は私の普段の生活では食べたことがないまくわ瓜や西瓜を切ってくれた。朝のうちに畑から採って冷やしておいてくれたと思う。黄色に熟れた皮をむいてぎっしり詰まった種を取り払い、六つか八つに切った甘いまくわ瓜の汁をいっぱいに含んだ味は母の生家の味だった。

農家のお盆過ぎはどちらかと言えば骨休めの時期だろう。まして子供に手伝うほどの仕事はない。私は押入れの奥に積み重ねてあった雑誌や古本で読めそうなものを探し出して縁側で読んだ。『家の光』という雑誌は全国の農家で講読していたらしい。子供が読めそうな記事だけを拾い読みした。伯父たちが子供のころに読んだのだろう紙質のよくない講談本があった。『真田十勇士』『猿飛佐助』『塚原卜伝』『霧隠才蔵』等々ルビが振ってあったのでどうにか読むことができた。庭先のどこかでツクツクボウシがひっきりなしに羽を震わせている。

夕食後風呂に入る。土間の南東の一角に風呂場がある。小さな裸電球がぶら下がっているだけで薄暗い。焚口にはわら束が積まれ、釜の奥でわらがぼうぼう燃え盛っている。四角にレンガを組んで、その中に鉄でできた大鍋のような湯船がある。中に浮かんでいる蓋は底板で、沈めて湯船の底で固定する仕掛けになっていた。いわゆる五右衛門風呂である。

初めて入ったときは蓋の扱いが分からないので手伝ってもらったと思う。しかし何回も手を掛けてもらうわけにはいかないと思って自分でやってみた。蓋が水平に沈んで行かない。ぐらぐらして不安定きわまりない。蓋から落ちて大鍋の底に触れたらやけどしそうで怖かった。

母屋の背後を竹やぶが囲っているのでやぶ蚊が多かった。尻尾のまだらがはっきりした大型のやぶ蚊が昼でもぶんぶんしていた。免疫のないうちは刺されると真っ赤に腫れ上がってしまった。腕に止まった蚊のまだらの尻尾が血を吸い上げて赤みを帯びてくる。吸い込んだところで叩き潰すとべっとりとした赤黒い血の粒が尻尾から飛び出した。

静岡市で暮らす日ごろの生活とは違った世界が母の生家にはあった。どっしりとした母屋は、中心部が藁葺きで軒周りと勝手場、風呂場の上は瓦葺で遠州地方の典型的な民家だった。冬の西風が強く屋敷は高さ四メートル厚み一メートルほどの槙囲いで風を防いでいる。一帯はこのような農家が点在する田園風景だった。

静岡から母の生家がある千手堂までは、国鉄で二時間近くかけて中泉（その後磐田と改名した）まで行き、そこから歩いて一時間半くらいだった。

私ら兄弟が幼かったころは、母は中泉駅で降りると駅前通りを北に行った営業所でタクシーを頼んでいた。小柄な母が皮製の大きなトランクを手に下げて歩くのは大変だった。

タクシーは営業所の一番小型の車で、その車が出払っているときは何時までも待っていた。薄給の女教師の母なりのやりくりだったと思う。

タクシー営業所の隣にあった洋菓子屋で、菅笠の形をした蒸しパンのような菓子を買った。その菓子もまたずらりと並んだケーキのなかで一番廉そうなものだった。

私には父母が揃って子供を連れて母の生家に行った記憶はない。小学校に入る前に一度だけ父と二人で千手堂から帰った記憶があるから、その時は父母が一緒に行ったのかも知れない。

祖母は私が仙台の学生時代に突然亡くなった。田植えの繁忙期に脳溢血で倒れたと聞いた。突然のことで葬式には参列できなかった。

その後間もなく家屋敷は田畑ともども他人に譲り渡してしまった。それから半世紀あまりを経た。当時の田園風景は消え去って一帯は新興の住宅地となっている。

初めての東京

母と二人で玉砂利を踏む足音が、あたりの静けさを破っている。冬至を過ぎた朝の光が、力なく差し込み、広々とした砂利の上には真っ白に霜が降りている。人影はない。

二重橋前のお堀にかかる橋の手前に、小さなコンクリート製の歩哨小屋があった。その前に歩哨兵が銃剣をささげて立っている。

母にうながされて、お堀の手前に立って皇居の奥深くに向かって頭を下げた。当時天皇陛下は現人神（あらひとがみ）であった。

頭をあげようとしたとたん、僕の意識は薄れて奈落の底に落ちてしまった。気が付いたときは歩哨小屋の中に寝かされて軍用毛布が掛けられ、母と歩哨兵の目が上から覗き込んでいた。

しばらく横になっているうちに意識は清明を取り戻した。子供のころ、僕はときどきこのような貧血に襲われたことがあった。疲れか緊張が原因らしかった。

二人はこの日、深夜に起きて家から駅まで寝静まった街の中を一時間あまり歩き、午前二時ころの夜行列車に乗って静岡から東京に向かった。目的は僕の斜頸の診断治療であった。

一年半ほど前に左耳骨膜炎の手術で一カ月近く入院治療したことがあった。その後、頭が左に傾き始め、翌年になって一見してそれが目立つようになった。

市内のTほねつぎ医院やK針灸師のところに通って治療したが、一向に治療効果が上がらなかった。市内の病院での治療に限界を感じた母は、かねてから東大病院の診察を受けることを決意していた。しかし当時そう簡単に上京できるものでもない。東京まで、列車に乗っているだけでも四時間以上かかった。

そこで毎週日曜日には昼間から風呂に入って、母は僕の首筋をもみほぐし、曲がりかけた頸を元に戻そうと懸命だった。子供ごころにその母の必死さが伝わって来た。

二年前に父は逝き、三十半ばにして子供三人を抱えた母は、青年学校の教師として勤めていた。

国家総動員令が発動中の当時、容易に勤務を私事のために休むことは許されなかった。あるいは母の生真面目さが勤務を休むのを拒んだのか、いずれにせよ二学期の終了を待って直ちに上京したのだった。

都電を乗り継いで本郷の東大病院の診察を受けた。薄暗い廊下で随分待ったほかほとんど記憶がない。暮れも押し詰まったころで、患者も少なく、それにも増して医局のインターン生のような若い医師ばかりで診療が信頼できないと母は思ったらしい。失望した母は、Tほねつぎ医院から聞いた池の端のK外科医院に向かった。

二十歳前後に、母は三年間東京で学生生活を送っている。勝手知った足取りで本郷から不忍池の端まで坂をくだっていく。

途中に鴎外の「雁」の舞台がある。まだ空襲を受ける前のことである。お玉が格子窓から顔を出しそうな、狭く曲がった路地だった。しかしその時は何も分からず母の背中を追って歩いただけだった。

池の端の公園の鈴懸の木はすっかり葉を落としていた。そこのベンチで持って来た握り飯を食べた。目の前の池の葦の葉はすっかり素枯れて寒々しかった。

K病院はかなりの数の患者が声も立てずに診療を待っていた。院内は東大病院よりはるかに明るかった。冬の日が西に傾いて午後三時近くになってようやく診察を受けた。

結論として充分治癒可能だということで、秘伝の塗り薬を頸から肩にかけて塗って治療することになった。

ずっと後になって母は、この初診の診療費が三十円と随分高額だったともらしたことがある。当時の母の月給は百円くらいだったろうか？　持参した金額のほとんどを使い果たして、帰りの財布の中は空っぽだったと言う。

しかしその塗り薬を何回か取り寄せて、半年ほどで斜頸はあまり目立たなくなり、意識的に自分で鏡を見ながら頸を立てるように努力して、三年くらい後にはほぼ治癒したように思う。高校時代には、斜頸はもう自分の中で忘れられていた。

しかし母の何としても治そうとしたあの意気込みを、決して忘れることはできない。

これが、初めて東京と出会った日の出来事である。

母の遺品の中から紙質のよくない便箋に書かれたメモの束が出てきた。そのなかに「しのばずの池の思い出」と題した下書きがあった。私が九歳のころ斜頸になった経緯とその治療に専念してくれた母の姿が記されていた。母にとっても鮮烈な思い出としてずっと後まで心の隅に刻み込まれていたのであろう。

ここにその下書きをほぼ原文のまま残しておきたいと思う。


「しのばずの池の思い出」

昭和十八年十二月二十七日、戦時中の列車は暖房のない冷え冷えとした室内でした。午前０時何分かの静岡発で上京、東京駅に六時頃着き、宮城前の広場に出て遥拝を済ませた直後に貧血を起こして倒れた息子を抱きかかえて芝生に腰を下してしばらく休憩した。漸く生き返った小学四年の息子と馬場先門から大塚行きの電車に乗り本郷東大病院に向かいました。

息子は静岡病院で内耳炎の手術を六月にし、経過はどうやらよかったのですが、結果的には耳をかばいつづけたので首と肩の筋肉に異常が出来て、所謂斜頸になってしまい、この夏休みには朝から風呂を沸かしマッサージをして一生懸命に軟げようとしました。

戦時下のため薪はなく、親切な知人が恵んでくれた大切な薪をありがたく使い毎日懇ろにつづけましたが、なかなか快復の目はみえず、一番町の小杉さんという有名な針灸師に

九月から毎日通いマッサージと鍼をしていただきました。

よく独りで通ったと思われる程本人も治そうと真剣でした。

それと併せて日赤や外科医を訪ね廻りましたが、応召中で留守でした。音羽町の田沢医院にお願いした時、先生から紹介していただいたのが東京の金井外科医院でしたが、なかなか東京までは行くことが出来ず、冬の休暇になり二十七日に東京大学病院に行きました。

押し迫った暮れのため教授ではなくインターンの学生の診断を受けましたが、むずかしいことばかり教えられて、実行できそうもありませず、通うことも叶いません。

田沢さんに紹介された金井医院へ、三四郎池のほとりから無縁坂を下り、しのばずの池まで出て、ベンチに腰かけて遠州産の白米（註：実家の母親から送られたもの）のおむすびをほおばった時、こんなに美味しいおにぎりと涙がでそうになりました。

一休みして池之端を登り金井医院に辿りついた時、中から子供の悲鳴が聞こえて来るので、これは大変な所かなと一瞬思ったが、先生の診察に「直るでしょうか？」と訊ねた時、先生から「治ります」といわれた時の喜びは——生き返った気持ちであった。

受診料は金三十円と高かった。油ぐすり二缶と療法を教えられて帰途に着いた。

夕闇の中、駒形通りで弟（註：戦死した巳代司叔父のこと）の小倉の袴を作り直したモンペを落としてしまって悔やまれたが仕方がない。

朝晩油ぐすりをすり込んでマッサージし、夜は手製のコルセットを首にあわせて作り、ガーゼを巻いて毎日の日課となった。昼も学校の看護婦の新村先生に手当てをしていただきました。

一月、二月と続けて二月二十日頃にはほとんど快復して、再度薬を金井さんから送っていただき、みかんなどをお礼に送って喜ばれた。

そして三月には完全に快復した。耳の後ろの傷は残るが、今までの苦しみは喜びとなって、一生忘れることは出来ない。


この出来事には後日談がある。

母は戦後青年学校制度が廃止されて、新制中学が設置されるとその教師になった。担任のクラスの中に、僕よりひどい斜頸のH少年がいた。僕も小学校の校庭でH少年を見たことがあった。一学年下で話をしたことはないが、曲がり方がかなりひどいなと思った。

母はH少年の母親にK医院での治療経過をくわしく話して説得したらしい。半ば諦めていた母親はK医院の治療を受けることを決意して上京した。H少年もまた母子家庭だった。父親は戦死し、妹が一人いたと言う。


それから半世紀近い歳月が流れたある日、二人の初老の紳士が母を訪ねてきた。その日、僕は勤務で不在だった。

二人を玄関先に迎えた母は、名乗られるまでその一人がかつてのH少年であることが分からなかったと言う。母にとってH少年の出来事はあまりに遠く、すでに記憶の外に忘れ去られてしまっていた。

Hが高校生のころ母は勤務の中学校が替わり、住居もその後二度転居していた。Hは東京の大学に進学し、卒業後そのまま東京近辺の農薬製造会社に就職して郷里を離れていたとのことだった。

母がどのように母親を説得してH少年の斜頸の治療に当たらせたのか知らないことだったが、Hは僕と同様の治療経過を辿って完全に治癒したとのことだった。そしてHは母のことを忘れられなかったと言う。

会社生活が定年近くなって郷里のS市にある関連会社の役員になった後、中学時代の友人から、母がまだ健在でS市内に住んでいることを聞いて二人で訪ねてきたと言う。

Hは母に一度会って感謝の気持ちを伝えたいと思っていたが、すでに母はこの世にないものと諦めていたとも言った。その後数年の間、Hは毎年二回くらい母のところへ顔を出していた。その都度勤務で留守にして、Hと一度も顔を合わせたことがない。

しかし彼が少年のころ、僕がそうであったように、斜頸が原因して何回か辛く悲しい思いをしたであろうことを思うと、H少年の霧が晴れて突き抜けるような青空が広がったあの喜びが分かるような気がした。

橋

遠くおぼろげな記憶をたどっている。

その橋と最初に出会ったのは五歳のときだった。川幅五百メートル弱を鋼鉄製の十四連のアーチで東西に結ぶ大きな橋である。大正十二年に完成した静岡県内で最も古い曲弦トラス式の人や車の往来する橋である。

市街から西に向かって、川の土手を登りきったところで見上げる橋門は特に立派だった。明るい空色に塗装され、春の日差しを跳ね返して整然と並んでいるアーチは美しかった。それは私が物心ついてから初めてみる鋼鉄製の橋だった。その時はこの橋がその後の私自身の成長と深いかかわりを持つことになろうとは思いもしなかった。

母が川向こうの丸子の学校に転勤したので、橋の西側の手越にあった八畳一間の借家に住むことになった。家主はお灸で名を知られたT寺だった。

翌年の春浅いころ私は、城内にある小学校に入学するため市内に住む父の許に移った。

私が三歳のころ、母が俵沢にある高等小学校に勤務したときから、両親は勤務の都合もあってか別居生活だった。母は住み込のお手伝いさんを頼んで、年子の次弟と一歳になったばかりの末弟とで手越に住んだ。

しかし私が二年生になって間もなくの六月半ばに父はこの世を去り、私は祖父母の許から母の所に戻った。

それからは通学のため、ほとんど毎日のように橋を往復することになった。定期バスの運行が不規則になったり、時には満員で通過してしまうこともあった。そんなときは学校まで歩くほかなかった。手越から城内までは四キロメートル以上あり子供の足では一時間ではとても行けなかった。

三年生になってからはバスを当てにしないで歩いて通学する日が多くなった。

夏の朝、まだ人通りのない家の前の路上でラジオ体操をしている家族があった。そんなとき「あの子はなんでこんなに早く学校へ行くの?」とささやく声が聞こえてきたこともあった。私にすれば少しくらい早くても苦にならなかった。そして人がいない道路のほうが何故か気が落ち着くのだった。

こんな日ばかりではない。雨や風の日も橋を渡る。豪雨で川幅いっぱいの濁流が、橋げたを打ち砕かんばかりにあふれる日もあり、冬は冷たい西風が砂埃を巻き上げながら広い河原を海に向かって突き切っていく。

四年生の一学期に左耳の骨膜炎の手術を受け一カ月近く入院治療した。原因は前の年の夏、袖師海岸の臨海学校で鼻から耳に入った水が抜けないことにあった。そのため学業が遅れて学習意欲はほとんどなくなってしまった。二学期になると母が作ってくれた弁当を持って登校しようと出かけてはみるものの、橋を渡る手前でその意欲は失せてしまい、河原の土手で時間をつぶし、田んぼの裏道を回って留守になっている家に帰って来てしまうことが多くなった。ちなみに三歳の末弟は母の実家に預けられていて、母と次弟が学校に出かけると家は空になっていた。

このままでは進級もおぼつかない状況なので、その年の十一月に母が勤務する学校へ転校することになった。街の学校から田舎の学校への転校である。部落ごとの集団登校でこれでは勝手に休むことはできなかった。

それに加えて入院治療で一カ月近く左耳を下にして横臥したためか、私の首は少し左に傾いた斜頸になってしまった。私自身、首がぎこちなく滑らかに回らなくなってしまった感じがしていた。

母はそれに気付くと懸命に治療にとりかかった。音羽町にあったTほねつぎ医院や一番町にあったK針灸院に私は何回となく通った。

そのころ自転車に乗れるようになったので、毎週一回、半年ぐらいの間、母の自転車に乗って橋を渡りK針灸院に治療を受けに通った。このまま首が曲がってしまうことに恐れを感じていたので、なんとしても斜頸は治したいと思った。治療の順を待つ間、そこにあった家にはない大人の雑誌を読むのはひそかな楽しみだった。

母の自転車はまだ買って間もなかった。婦人乗りと呼ばれていた自転車で、ハンドルの支柱軸からサドルの支柱軸の下のほうにアーム状にパイプ支柱が連結し、そのパイプにパラダイス号と記されていた。当時はパラダイスが何語でどんな意味なのか分からなかったがなんとなく語呂がいいなと思っていた。

斜頸は母が探し当てた東京上野の不忍池近くのK整形外科医院での診断治療が効を奏して、特殊な練り薬を常用するうちに一、二年でほとんど目立たなくなるまでになった。

転校によって橋との関係は一時的に切れた。六年生の卒業まで通学で橋を渡ることはなかった。その年の夏、日本は戦争に負けた。

昭和二十年からの五年間は日本の現代史の中で、国も国民一人一人にとっても突出した激動の時代だったと思う。敗戦後間もなく家族は手越の借家から出されて一キロくらい南の鎌田にあった青年学校の宿直室に間借りした。そのころ母はその青年学校の教諭だった。

小学校を卒業する私も否応なしに時代の流れの渦に巻き込まれていた。そして気が付けばそれまで考えてもいなかった農学校に入学していた。農学校は静岡市の東外れにあった。半年くらいは歩いて通学したが、片道二時間近くでは時間がかかり過ぎた。何とか中古の自転車を買ってもらい、以後自転車で橋を渡る日々が続いた。

三年後工業高校に進学した後もそれは続いた。雨や強風の日に橋を自転車で往復するのはそう楽なことではなかった。幸いなことに今ほど自動車の往来がなかったので交通事故の危険は少なかった。

その間、高校二年の年の暮れに市街の西外れ新富町の中古住宅に引っ越した。母が自力で買い求めたもので、住宅密集地の二軒長屋の二階建てで延べ建坪十五坪もない借地上の小さな家だった。私は母との生活で始めて自宅と呼べる家に住むことができたのが心底うれしかった。家の大小など問題ではない。こうして長かった川向こうの生活から離れ、以後日常生活で橋を往来することはなくなった。

しかし母は教師としての勤務があった。その勤務する中学校は川向こうの用宗港近くにあった。新富町からその学校までは六キロメートル余りあって自転車でも片道三十分はかかる。

当時の川向こうの道路は未舗装の砂利道で、両端に寄せられた砂利の深いところを自転車で漕いで行くのは相当に難儀だったと思う。後で聞いた話だが何回かタイヤを砂利に取られて転んでしまったことがあるという。愛車パラダイス号も修理を重ねながらかれこれ十年使用してすっかり中古車になっていた。

昭和二十年代終わりころまで、新富町とその西側の田町とは水防と火防をかねた高さ三メートル弱の土手で仕切られて、その土手の上を南北に道路が走っていた。川向こうから橋を渡りきってその土手にかかると我が家はもう近い。

母が勤務を終えて家に着くのは毎日午後六時ころだった。自転車を降りて土手を下るとき、チェインが踊ってケースに当たりジャラジャラと甲高い音を立てる。湯を沸かしたり、朝炊いた飯を蒸し器で温めたりして食卓を整え、今か今かとその音が聞こえるのを兄弟三人で待った。

毎日の夕暮れに規則的なその音を聞いて、私はその日一日の安らぎを確かめていた。

そのころ母は四十歳代半ばだった。海のものとも山のものとも分からない三人の子供を抱えて生活を支えるのに精一杯だったと思う。

あれから五十数年の歳月が流れた。今、母は九九歳と六ヵ月になる。今年に入ってすっかり弱り客間にベッドを据えて食事以外はほとんど横になっている。

耳元で言えば何とか会話はできる。認知症の傾向はほとんどない。ただ身体が衰弱して、数メートル先のダイニングまで歩く気力がない。毎食ベッド脇まで私がお膳を持っていって一人で食する。

以前は毎日のように入浴していたが、毎週一回の訪問看護師の介助のほか私が一回介助して入るだけになった。

一時は桜の咲くころまでも危ぶまれたが、どうやら桜は開花した。次は五月の連休が目標である。そして夏を越して秋の満百歳まで果たして永らえるだろうか？　すでに月単位の命だと本人も私も思っている。

このように児童期から少年期にかけて私の成長に関わったその橋の名は、あんころ餅で有名な安倍川橋である。

初恋

「初恋とは遠くに浮かぶ白い雲のようなものである」と誰かが言っていました。それは、その人との距離はまだ遠いのですが、異性に対するほのかな憧れのような感情です。母親に対する甘えのように外側から見え見えの依存的な関係から少し離れて、自分自身ではそれと意識していないまま、それでもどこか自立的で内面的な感情です。

そしてそれが湧き出てくる泉は、胸の奥底深くに秘密めいて潜んでいるのです。泉の水は細いけれどそこはかとなく甘酸っぱい香りを辺りに漂わせています。

それは昭和二十年春、大東亜戦争末期のことでした。既に制空権は米軍の手に落ち、ほとんど毎夜のようにＢ29の編隊が一万メートルの上空を甲高い金属音をたてて通り過ぎていきます。

警戒警報から空襲警報に移ったサイレンの不気味な音が、真っ暗な夜の静寂を震わせて鳴り響くと、枕元の防空頭巾を被りリュックを背負って、町内で造った横穴の防空壕に避難するのでした。

そして雨のように降下する焼夷弾による爆撃で、次々に日本の都市は破壊されて行きました。私は国民学校六年生で、静岡市の安倍川を挟んで西側の手越に住んでいました。

駿府の城下町である市街地は川の東側に広がっていました。お城の中は陸軍第三十四連隊です。街の南にある三菱の工場では兵器が造られていて、時々艦上戦闘機グラマンが機銃掃射を浴びせたりしていました。

こんな状況でしたから市街地の人たちは郊外の農村地帯に疎開してきていました。K子さんは、お母さんが近所の農家の出で家族五人で街から疎開してきました。

実家で持っていた私の家の裏の方の茶畑を整地して小さな家を造りました。お父さんは大工さんでした。K子さんのお兄さんは工業学校へ通っていましたが、怖そうで殆ど口を利いたことはありません。弟Y夫君は私の弟と同い年でしたから一緒に安倍川に泳ぎに行ったりしてよく遊びました。

K子さんやY夫君は川向こうの街の駒形国民学校に通っていました。しかし、昭和二十年六月十九日の夜の空襲で静岡の市街地は見る影もない焼け野原となってしまいました。

僅かに市役所、県庁それに駅前の松坂屋デパートが、燻った建物の外観を残すだけとなり都市の機能は壊滅してしまいました。焼け跡の防空壕の中には多くの焼死体が折り重なっていました。

この危機的な状況に際して、急遽私たちの通う長田西と駒形の国民学校を一緒にして地区毎の分散教育の体制となり、手越の公会堂でその地区に住む一年生から六年生までが一緒に授業を受けることになりました。

高等科（当時は中等学校へ進学しない者のため二年制の尋常高等科があった）の生徒は軍需工場に徴用されていたので六年生の男の私にリーダー役が回ってきました。こうして同じ学年のＫ子さんたちと一緒に勉強することになったのです。

彼女はやや大きめの瞳をくるくるさせて、てきぱきと活動し勉強もよくできるなと思いました。どちらかといえば生来愚図で消極的な私は、立場上そうも言っていられなくなりました。

そんなある日、どうしてそうなったのか今では覚えていないのですが、突然彼女が私の家の裏の縁側に、赤や黄色や青の毛糸の玉と鋏を持ってやってきました。そして何本かの毛糸を併せて小さく切って器用に糸でくくり、「大」の字の上に頭をつけた手のひらに乗るくらいの可愛い人形を三つ作ってくれました。

それはそのころ女の子たちの間ではやっていたお守りの人形でした。魔よけというより機銃掃射や爆撃で命を失ったり、怪我をしたりしないためのお守りでした。彼女が外の男の子にもお守りを作ってやっていたのかどうかは知りません。何故か分かりませんが、私にはその時、彼女が私のためにだけ作ってくれたように思われたのです。明るい日差しの差し込む梅雨の晴れ間の二人だけの午後のことでした。

それから二カ月足らずで八月十五日、戦争は終わりました。日本中がその後何年かはどさくさでした。

私たち家族、といっても幼い末の弟は遠く富士山麓の祖父母の許に預けられて母と次弟の三人だけでした。家主の親族が東京から疎開して来て、半年ほど前から同居していて明け渡しを迫られていましたので、母が教員をしていた青年学校の宿直室で生活することになりました。

その時以来六年間住んだ手越には行ったことがありません。私たちが手越を離れて間もなく彼女の家族もまた元の街の中へ戻ったようでした。噂に彼女が県立の高等女学校に入ったと聞きました。

思い出の人形は高校時代までは小箱に入れて机の引き出しに入れていましたが、その後二回ほどの引っ越しの間に見あたらなくなってしまいました。

あのころから半世紀を越える歳月が流れ去りました。遠くに浮かぶ白い雲は幾つかにちぎれて、やがて、在るのかないのか分からないまま山並みの彼方に消えて行きました。

墓参り

ひぐらしがうるさいほどのせみ時雨である。

日本が大東亜戦争に敗れた翌年の夏の盛りのことであった。

富士山麓の富士宮市内から西へ山ひとつ越えた山間の村は、南に緩やかに続く棚田にちらほらと稲穂が出始めていた。

その二年前、祖父母は、静岡市内から生まれ育ったこの村に戻って残余の人生を土に生きようと決意していた。

次男で末っ子の叔父は、海軍士官として九州大村の海軍航空廠で軍務についていたが、昭和十九年十月二十五日の米空軍の大空爆で戦死してしまった。

父に次いでただ一人の男子を失った祖父母の悲嘆は相当に大きかったと思われる。しかし子供心にも厳格な印象の強かった祖父は、悲しみを決して表に現すことはなかった。

その叔父が戦死して二度目の盆である。

叔父は静岡市内で生まれ育って、祖父母が生を受けた村の生活は知らなかった。

戦死の公報を受けて九州に赴き、白布に包まれた白木の箱と軍刀を受け取った祖父は、そのまま白木の箱の中の骨壷を、本家の屋敷神であった八幡神社の一角に埋葬した。そして「殉国院義勲日照居士」と認められた墓標を建てた。

護国の英霊は当時神であった。戦の神様である八幡太郎義家を祀った八幡神社こそ英霊が眠るにふさわしい場所であった。

昼下がりの日照りの中、一人の物静かな女性が、私と同じ年くらいの少女を連れて、山里の一軒屋を訪ねて来た。

叔父の新盆は昨年であったが、敗戦の混乱のさなかで部落内ならばともかく山を越えての人の出入りはほとんどできなかった。少し落ち着きを取り戻した今年になってようやく村に人の出入りが目立つようになっていたのだった。

静岡市の郊外に住んでいた私も、中学一年の夏休みに初めて母に連れられて次弟と三人で祖父母の下を訪ねたのであった。小学校二年の末弟は一年前から祖父母の下に預けられていた。

女性と少女は静岡市内から鉄道を乗り継いで、峠を越えて五キロあまりの山道を歩いて来た。

祖母に言われて私は二人を三百メートルほど離れた八幡神社の叔父の眠る場所に案内した。女性はしばらく墓標の裏表の文字を目で追っていたが、やがてその場で長い間静かに祈っていた。

祈りのうちを知る由もない私は、その真摯な表情を盗み見ながら人と人との間には、時に只事でない結びつきが生まれるのではないかとぼんやり思っていた。

祖母は手際よくそうめんを茹でて、筧を流れる山からしみ出た冷たい水に浸して二人の食卓に並べていた。祖父母と二人は、しばらく静かに言葉を交わしていた。無口な祖父はほとんどしゃべらず祖母が応対していたが、話の内容はほとんどわからなかったし、知ろうともしなかった。

夏の日もようやく西に傾いて、日差しが和らぎ涼やかな風が棚田を流れ始めたころ祖母から言われて二人を峠まで送って行くことになった。

県道までの急坂を五百メートルほど登ってからは、道幅は広くゆったりとした砂利道が、カーブを重ねながら緩やかに峠まで登って行く。

訊ねられるままに叔父との関係や現在の学校の様子などを話したが、自分が聞いてみたいと思っていたことを女性に訊ねる勇気はとてもなかった。峠を下っていく二人に、手を振って別れを告げるのが精一杯の意思表示だった。

女性は戦死した叔父の婚約者だった。

受験時代―部屋

私が工業高校の電気科を卒業して、F市のT電気株式会社の工場に就職したのは、昭和二十七年春のことだった。配属されたのは電話技術課で、新型受話器の開発の仕事だった。

Ｓ市の自宅から工場までは国鉄（ＪＲ）の電車通勤で一時間四十分かかった。毎朝五時半起床で七時四十五分前に工場のタイムカードを押す毎日だった。学科に興味が湧かないまま、ほとんど勉強をせず充実した読書もしないで卒業してしまった私は、この往復の電車の中で眠りから覚めたように本を読み始めた。

初めは家の書棚に買い揃えてあった古本の文庫本から始まって、次第に哲学的なものに及んでいった。それは高校時代まで読んでいた講談や戦記物ではなかった。山本有三の『路傍の石』『真実一路』から亀井勝一郎、唐木順三、倉田百三などの随筆集だった。

特に倉田百三の著作は、当時文庫本で出版されていたすべてを繰り返し読んだのだった。これが自己の内面へと向かう思考のきっかけとなった。それは自覚的に生きることへの胎生的な芽生えだった。

これらの書物に影響された私は、勤めて二年目の秋になって、生きているということの意味について自分自身に問い質してみようと試みた。その結果得た結論は、このまま一生をこの工場生活で終わりたくないという抑えがたい衝動だった。

そこで来年一年を受験準備に当て、再来年春の大学進学を決意した。そのためには通勤の時間とエネルギーを最大限節約しなければならなかった。そこで工場近くに食事つきの下宿先を探したが、住宅難のうえ食料も十分になかった時代でなかなか見つけることができなかった。

たまたま別棟のレントゲン技術課へ手伝いに行ったとき世話をしてくれた三歳年上のT子が、私の話を聞いて、駅近くに住む親戚の老夫婦を熱心に説得してようやく承諾してもらった。

下宿の条件は一ヵ月の米三升と家賃三千五百円だった。私の当時の月収は手取りで七千五百円くらいだったと思う。日記に収支を記載しておいたのだが、半世紀以上も前のことでその後の家の移転や建て直しで当の日記は倉庫のどこかに眠っている。

そのころ引退して七十歳に近かった祖父母は、富士山麓のS村でわずかな田畑を所有して農業に従事していた。独学で勉強してその寒村から飛び出し県の官吏となった祖父は、私の話に一も二もなく賛成して、毎月一回米を取りに行くことを承知してくれた。その年、秋の収穫期まで私は何回か農作業の手伝いに行った。

こうして働きながら来春の大学受験の態勢は整った。二十歳、人生転換の年である。私が借りた部屋は、二階建て棟割長屋の南側二階の四畳半だった。大通りに面した東側と奥に住む人たちのための路地に面した南側にガラス窓があるので、部屋は明るく風通しがよかった。

布団袋に布団、柳行李に一年分の衣類を詰めてF駅止めで送った。近くの家具屋で机、椅子と小さな本棚を求めて四畳半の南側窓付近にセットした。リヤカーで駅から運んだ布団や衣類を北側の押入れの半分に納めた、衣桁を東南の壁際に置いて差し当たりの洋服などを吊るすことにした。これがこの先一年の私の部屋の佇まいだった。

障子を隔てた西側の六畳間には四十半ばの板前と仲居らしい女が同棲していた。二人はどうみても法律上の夫婦には見えなかった。部屋の中からぼそぼそとした話し声が聞えていたが、ほとんど顔を合わせることもなく夏前には出て行った。

家主は六十半ばを越えた金次郎、トメの老夫婦だった。金次郎爺さんは話し方が静かで温和な性格に見えた。四十代まで敗戦前の朝鮮で警察官をしていたというから、本当のところは分からない。部屋の真下が駄菓子屋とお好み焼きの店となって主としてトメ婆さんが店を仕切っていた。

国鉄に勤めていた長男を結核で亡くし、孫娘二人のうち小学三年生の長女を育てていた。下の子はまだ入学前だったので、結婚して県西部のK町に所帯を持っていた娘さん夫婦が養育していると聞いた。

長男が亡くなったのは三年ほど前で三十歳にもなっていなかったと言う。二十七歳で未亡人になってしまった長男の妻佳代さんは、たまたま小学校の用務員の仕事があったのでY村の実家から学校に通っていたらしかった。夏が近いころ、隣の部屋の二人が出てしばらくしてから二階の六畳で寝起きするようになった。

私より十歳ぐらい年上だった。それまで母親以外に大人の女の人のそばで生活したことがなかった。佳代さんは細面で顔立ちもよくすらりとした肢体で、風呂上りの浴衣姿などで夕食後の団欒に入って来た。そんな時、目のやり場に困ることがあった。

トメ婆さんが作ってくれた食事を家族と同じ食卓で一緒に食べた。私自身食べ物に好き嫌いはなかったので何も苦にならなかった。私の目的は、来春の大学受験に合格して現在の工場勤めの生活から脱出することだけにかかっていた。この目的達成の妨げになる一切の要素は排除しなければならない。小事に関わっている場合ではなかった。

工業高校で電気関係の科目に偏り、受験科目の勉強はほとんどしなかった上、社会人生活二年間のブランクがある。受験科目は国語、英語、数学ⅠとⅡ、理科は物理と生物、社会は一般社会と世界史を選択した。この八科目を十一ヵ月に割り振って計画表を作り受験勉強に着手した。進学高校に入っていた弟の智も同時に大学受験だったので、共通した受験本はそれを使い、そのほかは、計画表に従って順次古本屋で買い求めていった。

工場への通勤は自転車で十分足らず、往復でも一日二十分で足りた。工場の就業時間は午前七時四十五分から午後四時十五分までだった。

仕事は、上司の技術者の指示に従って、実験室で受話器試作品の実験データの作成だった。ほとんど一人の仕事なので人と接触の煩わしさはなく、時間のコントロールもし易かった。昼休みは静かな倉庫の中で、旺文社の英語の単語集（「アカタン」と言った）やその他の暗記だった。こうして一日最低五時間は受験勉強に当てることができた。

今ではほとんど住宅地になってしまったが、そのころは下宿のすぐ近くから富士川の土手まで田んぼが広がっていた。田植え前後から毎晩、蛙の鳴き声があたりの静けさを際立たせるように鳴り響いて来た。蛙の合唱がいつとはなく消えて、十時を過ぎると鉄橋に向かう下りの蒸気機関車の汽笛が二声「ボオォー、ボオォー」と夜の空気を震わせて伝わってくる。汽笛は、生まれて初めて家族の下を離れて他人の家で生活する私に郷愁を誘い込むのだった。

それでも夏の盆休みに、誘われて男女六人で美ヶ原高原や蓼科湖畔でキャンプを楽しんだ。私はそれだけでは物足りず、帰途に着く皆と別れて単独で白樺湖畔の白樺林の中に露営し、翌日誰もいない霧が峰高原を歩いた。日差しの中を何日か歩いて真っ黒に日焼けした私の顔を見て、仰天したトメ婆さんの顔が今でも目に浮かぶ。

同じころのある日の夜中近く、軒先伝いにばたばたという音と共に意味不明の声を出しながら、隣家の二階から中年の女が部屋の窓際に顔を出して入り込もうとしたことがあった。何事が起こったのかわからなかったが、しばらく騒いでいるうちに誰かが連れ戻したようだった。あくる日トメ婆さんに聞くと「隣の二階に部屋を借りている年増芸者が酔っ払って、お兄ちゃんの部屋に押し入ろうとしたらしいよ」と意味ありげに笑っていた。

秋の彼岸が過ぎると残り時間が半分になった。部屋の下のお好み焼きの店に、私より少し年下の男女が集まって騒がしいので、夕食が済んでから午後七時には寝てしまうことにした。そして深夜二時に起きる。物音一つしない静かさである。それから七時近くまで孤軍奮闘そのものであった。始業前工場への広い道を、近くの社宅から出勤する人たちがぞろぞろと歩いている。その人の群れを自転車で追い越しながら、朝のうちに一仕事こなした私は、少しばかりの充実感に満たされていた。

佳代さんは秋が深くなったころ家を出て行った。後で聞いた話によると、働いていた小学校の校長と関係が出来て、手紙のやり取りを繰り返していたところ、金次郎爺さんの捜査網に引っかかってその事実が暴露してしまった。金次郎爺さんは昔取った杵柄の勘で、佳代さんが投函した家の近くのポストの回収に立ち会って、校長宛の封書を取り返し文面を読んで動かぬ証拠を握ってしまったと言っていた。

ずっと後で、佳代さんから分厚い手紙を貰ったことがある。それには鎌倉の由比ガ浜にあるキリスト教関係の結核病院の看護助手をやっているいきさつが書かれ、白衣を着て仲間の看護師さんたちとマリア像の前で写した写真が一枚同封されていた。佳代さんは達筆な文章家だった。そのときの封筒の差出人の名は実家の氏に戻っていた。

私は今までの物にかかわる仕事ではなく、人にかかわる仕事に就きたいと思った。それは教育の仕事であった。東京教育大と早稲田大を受験したが、一蹴されてしまった。付け焼刃の学力では当然の結果だった。ただ当時は国立二期校の受験があったので、まだチャンスが残されていた。地元の静岡大受験は背水の陣だった。そして志望の学科ではなかったがなんとか合格することができた。辛うじてこの一年の結果は出たことになる。

「三月末日限り、一身上の都合により退職します」と記載した退職届を課長に提出した。電話技術課の全員で前途を祝して送別会を開いてくれた。こうして満三年間お世話になったT電気F工場に別れを告げた。

四月一日、布団袋と柳行李、机、椅子などの家具、それに本などを運送会社に委託して自宅宛に送り出した。こうして一年間寝起きした四畳半の部屋は再び元の姿に戻った。金次郎爺さんトメ婆さんは門口に並んで笑いながら別れを惜しんでくれた。踏み込む自転車のペダルは軽い。富士川橋を渡りきった所で自転車を止めて振り返ると、半身を深い雪で覆われた富士山が、春の日差しを浴びて青空に浮き上がっていた。

その時二十一歳一ヵ月、学問への道は緒についたばかりであった。

師に感謝する

昭和五十年十月初めのある夜、司法研修所の宿舎である松戸分室に妻から電話があった。島谷先生が倒れて意識不明とのこと、一瞬言葉を失ってしまった。当時、私は新任簡易裁判所判事研修で九月から上京して居た。

先生は意識を回復されないまま旅立たれた。あれから二十七年余りの歳月が流れた。その後奥さまも亡くなられて二十年近くになる。

初めて先生とお会いしたのは、静岡大学一年の昭和三十年秋、親友の長谷川君に誘われてお宅に伺った日のことでした。長谷川君は先生のお宅には何回か訪問していたのですが、私は随分緊張してぎこちなかったように思います。

私は工場勤め三年を経て、教師を志したようなことを話しました。ポツリポツリ語る先生の言葉は一言一言が重く感じられました。

波多野精一氏の西洋哲学概論をテキストとして、何回か先生の講義は受けていました。

思えば零点に近い前期試験のあとのことでした。

その後何回お宅をお訪ねしたことでしょう。先生の学問に対する厳しい姿勢を肌で感じて、私自身選んだ心理学に打ち込もうと思いました。

先生は京都大学哲学科の碩学西田幾多郎博士の謦咳に接し、学問へ向かう姿勢の厳しさをきっちりと一身に備えられていらっしゃいました。

先生から直接そのようなことは一度もお聞きしたことはありませんが、先生の一挙一動にそれが窺われました。

何も知らない学生の私たちに対する深い慈しみが感じられました。大掃除や庭の垣根の修繕など僅かばかりの私達の手伝いにも、先生自ら木っ端を燃やして風呂を沸かして下さったのです。奥様のお手料理やら学生の分際では到底口に入らなかった海鼠腸(このわた)やカラスミなどの珍味をご馳走になったこともありました。そして数日後には学生課に先生が選んでくださった本が託されてありました。

西田博士は「哲学は我々の自覚の仕方であり、生き方である。従って哲学は科学と異なって民族や個人の体験が基礎となるのである」といわれていますが、先生と接する中で、先生はまさにその実践者であることを知りました。先生が旅立たれるまでのほぼ二十年折々に多くのことを教えられました。自覚の仕方です。今でも時々先生の書き残された著作や頂いたお手紙を読み返しています。

内面深くから有難く感ずることが感謝であり、その意を表わした書面が感謝状です。感謝するという行為は内なるもので、書面化したり、直接表現しにくいものなのかも知れません。強いて言えば「祈り」に通ずる行為ではないかと思います。

感謝する行為が、身の内から何の衒いもなく滑らかにできるようになれば、人は成熟したと言えると思います。生まれ落ちてそこに至るまでには相当の歳月を必要とします。私は他の人よりそのような感情が内面に育つのが少し遅かったかも知れません。

感謝できるということは密かな喜びであります。どんなに苦境に置かれてもこの感情がある限り、心の隅に押しやられた残り火はいつか勢いを取り戻し再び燃えさかるときが来ると思います。

一見控えめで消極的な何かに対する感謝の感情が、私たちの心の奥底深くで根源的な活力に転換するのです。人が成熟するということはこのような意味での感謝する行為が自身に備わることではないでしょうか。

感謝の対象は端的に言えば恩義です。売られた恩に感謝の感情は生まれません。慈しみはそれと分からずに相手に注ぎ込まれます。私の恩師島谷先生に対する感謝はこのようなものです。

この正月先生のお宅にお伺いし今の私を仏前に報告しました。永くお一人でお守りになっていらっしゃる次女のＩ子様が、「もう二十八年になりますので――」とは仰いましたが、私は祈りによってまた自覚への勇気が湧いてくるのです。禅の法語に「どんな小さな恩でも自分が受けた恩は決して忘れてはならぬが、自分が施した恩は水に流して忘れてしまえ」というのがあるそうですが、先生はこのようなお人でした。

私が人生のあの時代に先生と出会うことができましたことは、私の人格形成の基盤を築く意味においてどれほど感謝しても感謝し足りないのです。

（参照）　随想集「襤褸」島谷俊三著

青春の信濃路

「学生さん、そんなところで何しているの？」「明日の朝まで友達を待ってここでテントを張って寝るつもりです」「寝るだけなら家で泊まってもいいのよ」。まだ川も水もきれいな時代のことである。

志賀高原から流れ落ちる山ノ内温泉郷の川原で、ゼミ仲間の松尾と村松の二人と、深夜の電車に乗り遅れた鈴木を待つことにして幕営の準備に掛かったところであった。

大学一年の夏休みに、四人で志賀高原から横手山を越えて草津に出て、軽井沢から神津牧場へ寄り、小海線経由で松原湖まで歩く計画を立てた。

今日はその初日である。深夜に静岡を発って東海道線を名古屋で中央西線に、更に篠ノ井で信越線に乗り換えて長野に着き、長野電鉄で終点の湯田中駅に降り立った。午後の三時を回っていた。

橋の上から我々に声をかけたのはお篠さんと呼ばれる四十歳前後の女性だった。不意に声を掛けられて面食らったが、上を振り向くと人のいい優しそうな顔が下を覗き込んでいる。予定ではバスで高原に上がって木戸池辺りで幕営のつもりでいたので、我々としては渡りに船であった。

初めて出会った者にそんな安易に泊まる所を提供してくれるとはと、半ば訝りながら付いて行くと大きな農家の離れの二階へ案内された。

「食事は自分達でやりますから」と言ったが、「汗を流してきたら」と言われて、近くにある村の共同温泉場にいって帰ると、既に夕飯の準備が出来ていた。申し訳なくて夢を見ているような気分であった。

この高原歩きの初日に、畳の上でふかふかの布団に寝るなんて思いもつかなかったことが起こったのである。

翌朝も美味い味噌汁付きの朝食のもてなしを受け、一日遅れの山へ出発した。結局朝一番に湯田中に着くはずの電車でも鈴木は現われなかったので、この山旅は終始三人で歩き通した。このような人の好意を今まで受けたことがなかった。二、三年前から上高地や霧ケ峰、美ヶ原の高原を逍遥していた私は、北信濃のこの山旅で信州の自然と人にすっかり魅せられてしまった。

横手山を越えて草津に少し下った芳ガ平で、夜更け突然の雷鳴とともに、破れんばかりにテントを叩く大粒の雨には驚かされた。

草津から軽井沢は草軽鉄道のジーゼル機関車に引かれて、涼しげな高原の風を受けながらの移動だった。この軽便鉄道は、石灰石を運ぶ貨物列車の中に客車を繋いで走っていたが、その後間もなく廃線になってしまった。

軽井沢駅近くの唐松林の中にテントを張った。辺りに人影は殆ど見かけなかった。現在の軽井沢駅付近の混雑ぶりからは、昭和三十年代初めのあの静かな佇まいはとても思い浮かべることが出来ない。

小雨の中を八風山の尾根越しに神津牧場に寄った。こんな所にヨーロッパ風の近代的な牧場があるとは思わなかった。ずっと後になって読んだ大島亮吉の「山―随想」に初冬のこの辺りの伸びやかな情景が細やかに叙述されていた。そこで飲んだ新鮮な牛乳の味は格別であった。

更に尾根伝いに歩いて小海線中込駅から松原湖に行き、湖畔のキャンプ場に幕営した。

山旅の最後の夜は、大きなキャンプファイヤーを囲んで多くの若者達と夜遅くまで合唱した。歌の多くはロシヤ民謡や労働歌そして反戦の歌であった。

帰ってからすぐお篠さんにお礼の手紙を書いた。折り返し、「大したことも出来ないのに」と随分謙遜した返事が来た。お篠さんは一人であの離れを借りて生活しているらしかったが、家族や仕事などは何も分からないままであった。その後、一、二回の葉書のやり取りの中にあった「また遊びにいらっしゃい」との言葉は、単なる外交辞令であったのかも知れないが、胸のうちで甘えの後味として残っていた。

翌年三月末のころ、私は生きる志向を共にし、相互に磨き合える友人として意気投合した長谷川君と、湯田中温泉の安宿に泊まっての読書三昧を計画した。

お篠さんに紹介してもらった宿はひなびた小さな温泉宿であった。掛け流しの湯が一日中豊富に流れていた。近所のお年寄りが朝風呂を浴びながら熱心に政治談義を交わしていたり、時には突然意見を求められたりして、流石に信州人は理屈っぽいとあきれたり感心したりであった。

勉強に飽きてお篠さんに誘われるままに、近くの老人夫婦の住まいを訪ねたことがある。小さな品のいいお婆さんが、野沢菜漬けを山盛りに炬燵の上に並べて次々にお茶を継ぎ足してくれる。雪の殆ど降らない所で生まれ育った我々に、雪国の良さや不便さやらを話しながら、暖かい土地への憧れを語って尽きなかった。

茶飲み話の後、山裾を少し上がった部落を一望できる神社まで石段を登った。ここでもまた神主さんが、熱心に社の縁起や郷土の風俗などを話してくれた。小高い境内からは西北方向に北信五山と呼ばれる山々が望まれた。遠くに霞んだ妙高、中央に大きくどっしりと黒姫、鋸の歯のような戸隠、なだらかな飯綱そして近く斑尾の山々が、まだ深い雪の衣を被って冬の眠りから覚めていない。

その時はこれらの山々に登ることなどは思いもしなかったが、私の心の片隅にその清浄な印象とともに五山の名が強く刻み込まれていた。

滞在中の或る日、朝から早春の穏やかな日差しが差し込んでいた。読書に疲れた我々は、バスで志賀高原の丸池まで登ってみた。

この時期はスキー客も去って、静かな春の山である。バスには我々のほかホテルの従業員らしい中年の女性が二、三人だけだった。上林温泉を過ぎると雪景色となる。バスは丸池が終点であった。辺りの雪はまだ一メートルを超えている。

バスの方向転換するスペースは雪に阻まれて狭くなっている。赤い長靴のフレッシュな車掌が小走りに雪の中を右に左に周って懸命に笛を吹きながらバスを誘導している。雪国育ちの少女が、色白の頬を紅潮させ、そのひたすらな仕事ぶりは、明るく涼やかな目元ともに印象的であった。

バスを降りると跳ね返る春の陽光が目に痛いほど眩しい。この雪の中では長く歩くことも出来ない。殆ど人影もない静かな自然の中で日に照らされてぽたぽたと落ちる雪解けの水音だけが、忙しく春を呼び込んでいる。

一時間後に山を下りるバスは登りのバスの折り返しで、乗客は我々だけだった。あの少女は手際よく車内を点検し、乗車券に鋏を入れて手渡したほか無駄口は一切利かず仕事に専念しているように見えた。バスを降りる際、ちらと見たバス内の車掌の勤務者名は、松谷恵理子となっていた。

この春まだ浅い志賀高原への小さな旅が、その後折に触れ胸の内に清々しい思いを蘇らせてくれた。そして忘れるかもしれないと思っていた恵理子の名前が、その都度忘れようもなく脳裏に刻み付けられていった。四月末の或る日、ふと思い立って長野電鉄の湯田中営業所宛に「仕事ぶりに好感が持てた。今の気持ちを忘れずに訪れる人を和ませて欲しい」といった葉書を投函し、忘れるともなく月日は流れて行った。


二回生となった私は、翌年春の仙台か京都の大学への編入試験の準備に当てるため、時を惜しんでひたすら勉学に打ち込んだ。大学に入る以前三年の遅れを取り返すためだった。この遅れは受験のためには無駄であったが、人生そのものを振り返ると決して無駄ではなかった。ただそれを私が知るのはずっと後になってのことである。当時は遅れを取り戻すために全てを打ち込んでいた。

五月半ば、恵理子から封書が届いた。決して美しいという筆跡ではなかったけれど、一字一字丁寧に込めた思いが伝わってくるような文面であった。

そこには「励ましの言葉が嬉しかったこと、この春長野の高校を卒業して就職したばかりで夢中に仕事をしていたこと、父が早くなくなって母と二人だけの家庭で、これから色々学ばなければならないので教えていただきたい」などと述べられていた。

住所は須坂となっていた。須坂について長野と湯田中の真中辺で、りんごの産地である以外はほとんど知らなかった。その後も何回か手紙のやり取りがあった。

夏を過ぎたころ、手紙の中に見たこともない大きな花弁の月見草の押し花が入っていた。近くの河原に咲いていたものだという。そして一言「このごろ母の具合がよくないのです」と書き加えてあった。淡い黄色の月見草の花びらに悲しみと寂しさがきっちりと押さえ込まれているような気がしてならなかった。

その後、恵理子からの便りは途絶えたままだったが、冬に入るころ「母が亡くなったので、来年は東京の叔母の所へ転居するかもしれない」と連絡があった。その時、恵理子は東京には似合わないなという思いが、ちらっと胸を掠めていった。

明くる年の春、大学の編入試験に合格し、仙台の町に下宿して次の目標に向かって新しい生活に入っていた。多くもない知人に近況報告をした後で、恵理子にも葉書を出しておいた。折り返しの返事は東京都港区からであった。芝白金台の叔母さんの家は、M学院大学の学生を下宿させながら、大学の食堂を経営しているのでその食堂を手伝っているとのことであった。

あの雪国育ちの素朴で純真な恵理子が都会の色に染まって行くのが目に見えるようで、心痛む思いであったが、今の私にはどうすることも出来なかった。夏休みに東京で語学の講習を受けるつもりなのでその時会えるかもしれないとだけ連絡しておいた。

二週間の講習は御茶ノ水のアテネ・フランセでのフランス語の受講であった。お岩稲荷の四谷左門町に下宿して予備校に通っていた弟芳正が、夏休みで帰郷したので、そこにもぐり込んでアテネ・フランセのほかに紅露外語でのドイツ語も受講した。

日曜日の午後白金を案内されたので訪ねてみた。従妹の女子中学生と一緒に都電の停留所まで出迎えていてくれた。志賀高原のバスの中以来で、かれこれ一年半ほどの時が過ぎ去っていた。

部屋には下宿のM学院生もいて、ゆっくりした話は出来なかったが、恵理子の身辺は僅か一年余りの間に急変してしまって、あの無垢で屈託のない笑顔は、二度と見ることが出来ないのではないかとさえ思った。夕方帰るときもまた従妹と連れ立って送ってくれた。別れ際「帰郷する日の東京駅発の時間を教えて下さい」と言うので、「決まったら連絡するから」と約束した。

帰郷の日、朝からかんかん照りの夏の日差しがアスファルトを溶かさんばかりであった。東京駅午後二時過ぎの普通列車だった。アルバイトと僅かばかりの母からの仕送りの身で余分な金は一銭も使いたくなかった。当時はどこへ行くにも普通キップが当たり前だった。

この暑さでは無理して来なくてもいいがとも思ったけれど、心のどこかでは待っていた。車両のデッキでホームの人の群れにぼんやりと目をやっていたとき、突然目の前に恵理子は現われた。

大きな麦藁帽子に日差しを避け、バスケットの中から取り出した文庫本を差し出しながら「私、これからどうなるかわかりません。また会えるかどうかも」と言った。一瞬その顔に陰りが差したように見えたが直ぐ明るい笑顔を取り戻し、走り出した列車を追いながら「頑張って見ます」と言って大きく手を振った。列車はゆっくりと右に曲がって行く。

恵理子は手を振りながらホームの端まで来て立ち止まり、次第に小さくなってやがて視界から消えて行った。手元に残った文庫本は、文芸評論家亀井勝一郎の「大和古寺風物誌」であった。

恵理子と顔を会わせたのはこの時が最後である。その後音信も遠のきやがて絶えてしまった。

お篠さんとはあの早春の日の後で一度会った。お篠さんは長野駅近くに転居していた。それは長野に用事で行ったついでのことだったように思う。以前のような屈託のない様子が感じられず、ふともう訪ねてはいけないのではないかと思った。そしてお篠さんとのこともいつとはなしに消えて行った。

野蒜

切通しの坂道を上の県道にあるバスの停留所までゆっくり登って行く。牛が引く荷車が通るだけの農道は、富士山の山麓一帯を覆うこの地方で「くろぼく」と呼ばれる土で、雨でも降って水気を含むと、どろどろに溶け身にまとった衣類をこげ茶色に染めてしまう独特の土道である。

七十歳を越えた祖母は、「大丈夫だから」と言うのを遮って、荷物を振り分けに肩に掛け少し腰をかがめながら、一歩一歩踏みしめながら歩いている。杖を頼りではあるがその足取りはしっかりと大地を踏み込んでいた。祖母はこの「くろぼく」の地で生まれ育った。

富士山に降り積もった大量の雪が、砂礫に吸収されて山体の奥深くに蓄えられ山麓の各地に溢れ出て豊饒な湧水を生む。山麓の西で、祖母の生まれた山間の寒村から北に五、六キロの所に、白糸の滝と呼ばれる文字通り白い布を広げたような瀑布がある。ここでは富士の体内の水脈が合流して地上に吹き出た大量の湧水が、隆起した岩盤の懸崖を一気に落下している。

この透明な冷たい水の流れが芝川となり、ずっと下流で富士川に出合い、やがて太平洋に注いで行く。芝川の豊富な水が堀割を通して山間を幾枝にも分かれて流れている。傾斜地だからその流れは速い。この水が利用されて新田が開墾され、時代と共に棚田が出来上がって行った。

そこは街に生まれ育った者から見れば、一見して不便で不自由な生活を強いられる山村である。

祖父も同じ芝川沿いの村落の生まれであるが、長じて祖母の家に婿養子に入った。しかし気性からいって到底婿養子で納まる人ではなかった。やがて家を飛び出して県庁所在地の静岡に単身で移り住み、登用試験に合格して警察官吏となり祖母を呼び寄せた。

二人の長男であった父は祖父の退官直前の昭和十六年に結核を患って三十三歳で死亡した。

当時仙台の高等工業専門学校に在学中であった叔父は、昭和十八年十月、繰上げ卒業で海軍予備士官を志願して入隊した。青島(中国のチンタオ)で短期の海軍士官訓練を経て、十九年四月に長崎県大村海軍航空隊基地のある航空廠で技術少尉に任官して軍務に服した。

当時既に戦争は日に日に敗色が濃く、制空権を奪われてしばしば米空軍の空襲を受けていた。そしてその年の十月二十五日、大空爆により叔父は戦死した。享年二十二歳であった。


叔父の入隊直後に既に公職を退いていた祖父は、静岡の財産を処分して生まれ育った棚田の里へ帰住し、余生を農業で生きようと決意していたのであった。その時点では家の将来は叔父に託すつもりでいた。大東亜戦争末期で軍人は死を覚悟していたとはいっても、祖父の胸中には、内地勤務でありどこかに一片の僥倖を期待するところがあったものと思われる。

こうして祖父母は長男の父に次いで次男の叔父も失ってしまった。当時二人の叔母は満州で生活していて先の事は全く予測できなかった。

六十歳を越えていた祖父母は悲しみを深く沈めて、農業に精を出し次第に自給自足の生活が安定して行った。

元来祖父は余り政治家的に振舞うことを嫌う人であったが、その間村会議会の副議長をやったりして、村民の生活文化の向上に一役を果たしたこともあった。

その祖父母も忍び寄る老いには抗しようがない。私が大学の三年の春、レポートの課題を仕上げるため静かなこの山里で一週間ほど過ごしたことがあった。

このころから祖父は折につけ、この先農業を続けることが体力的に難しい状況となるので、将来は再び静岡で私たちと同居の生活を望んでいると言うようになっていた。

そのレポートを完成して、母の待つ静岡の家に帰るため祖父母の家を出た。購読のドイツ語の原書は分厚く辞書も相当に重い。私にとっては、本を持ち歩くのは当然のことで重いも軽いもない。だが祖母はバス停まで送りながらそれを担いで行くと言って聞かない。

坂の下の方は切通しが深く掘り下げられ、地面が肩ほどの所にあって左右の畑が見えなかったが、坂を登るに連れて切通しが浅くなり、次第に両側の満開の菜の花が目に鮮やかになった。むせるような春の香りが漂っていた。坂を登りきると辺り一面に広がる菜の花畑に、明るい春の日差しが降り注いでいた。その時この山里には人影もなかった。

その数年後祖父母は僅かばかりの田畑や建物を処分して、ふたたびこの山里を離れて静岡に移り私たちと同居した。そして五年後、祖父は老衰のためこの世を去った。八十二歳であった。残された祖母は七十七歳であった。

当時まだ生家には祖母の弟が健在で、手広く農業を営んでいた。祖母にとって戦後の新しい静岡は、親しい人もなくどうしても馴染めなかったのであろう。というより何より生まれ育ったあの山里の土や水が、祖母を呼び寄せたものと思う。一反歩弱の屋敷跡に十五坪くらいの家を新築し、八十歳を前にしてそこを終の棲家としたのだった。そして独居すること十六年、昭和五十九年五月、九十六歳で祖母は旅立った。

それから二十年余の歳月が流れた。平成十六年、廃居同然となった祖母の住んだ建物を取り壊して山荘を建てた。一番近い隣家でも優に百五十メートルを隔てている。車の行き来もほとんどない。沢を隔てた向こうの西の山には祖父母、父、叔父が眠る墓地に立つケヤキの巨木が見える。畑仕事の傍らそこに憩うと、時の流れに取り残されたような静寂が辺りをゆったりと包んでくれる。

屋敷の一段上にある二畝ぐらいの畑に、祖母が植えた柿が四本、梅が四本あって毎年たわわに実をつける。春になるとこれらの果樹の下や土手の斜面に、いぬふぐり、なずなに次いでこの辺では「のんびる」と呼んでいる野蒜が群生する。白い球形の地下茎は細かく刻んで塩昆布に漬け込み二、三日後に食すると季節の香りと味をいっぱいに広げてくれる。

祖母はあの菜の花の咲き乱れる切通しの坂を、言葉もなくゆっくりと登って行きながら、胸の内に若くして世を去ってしまった叔父の学生のころ、静岡の駅まで送って行った春の日を、重ね合わせていたのかも知れないと思った。

人の営みの豊かさは全てその人の思いの内にある。

Ⅱ　介護の日々

介護の日々

夜八時をまわっていた。突然固定電話の呼び出し音が、入浴後くつろいでいた茶の間に鳴り響いた。この時間に電話がかかることは滅多にない。不吉な予感がした。

受話器の向こうから「T施設のHですが、先ほどウタさんが、トイレで立ち上がれませんでした。少し嘔吐したようです。今はベッドに戻って寝ています。どのように対処したらよいかご家族の方の指示を待ちたいと思います」という声が聞こえた。

昨日の昼前に様子を見に行ったとき、施設の正月料理で少し肥ったかなと思ったが、歩行器の操作はいつもどおりで、耳元で言えば意思の疎通はできた。

今までは一週間が限度だったが、たまたま施設の部屋の空き具合で、ショートステイの期間が長くなってすでに十日余りが過ぎていた。初めての長期の滞在で当初から多少の不安はあった。

高齢者といっても特に病気を持たない老衰の場合、いつ末期が訪れるのかは誰にも分からない。百歳を越えた母が、どの程度に施設の生活に適応できるかを知っておくことも必要だと思った。

母の介護の方針は、在宅を基本にしながら短期の施設滞在を併用することで、Ｔ施設のＫケアマネジャーとの間で合意していた。

去年の五月五日、突然発生した腰痛で母が身動きできなくなったとき以来、在宅介護の態勢は徐々に整えて来た。私はベッドのそばに寝て、排尿の都度、立ち上げてトイレまで連れて行った。一晩に三回くらい繰り返してそれが三夜つづいたとき、これを継続することはとても難しいことだと思った。介護者の負担が大き過ぎる。

世話になっているＳケアマネジャーに相談した。まず介護用ベッドをレンタルし、寝たきり状態のままオムツによる排泄方法を取らざるを得ないということになった。

そして一日二回の訪問ヘルパーによってオムツ替え、全身洗浄を依頼する方法を選択した。ヘルパーの時間は一回に一時間である。

そのほかに三年前から毎週二日、一回一時間の訪問看護師による体調のチェックや入浴介護がなされている。このような介護状況で家族は家を空けることはできない。家族と言っても私と妻の二人だけである。

近所のE主治医によれば、母のこの容態では病院で入院治療を試みても、二、三週間後は再び在宅に戻らざるを得ないとのことである。一昨年から長く一人暮らしを続けてきた叔母が入所しているT老人保健施設は寝たきり状態の受け入れはしていない。

残る方法は特別養護老人ホーム入所のみである。しかしこの種の施設は、待機者が常時百人以上あって半年以上待たなければ入所できない。私は終末期の介護は覚悟の上で、できることなら母を在宅のまま送ってやりたいと考えて一緒に過ごして来た。

ヘルパーの仕事ぶりを習って排便処理を繰り返しているうちに、それは当たり前のように私の日常生活に取り込まれて行った。七十歳半ばとなり、最近はパート仕事をするだけの身なので時間には余裕がある。

こうして自力では何もできなくなってしまった母の終末の日々は、入れ替わり立ち替わり人が家に出入りして過ぎて行った。

食欲はない。妻が調理してくれる食物の中から食べそうなものを選択し、それにバナナ、苺、カステラなどの喉越しのよさそうなものを加えて食べさせた。栄養補給には主治医の指示に従って液体栄養剤（エンシュアー）を与えた。

こうして二ヵ月近くが過ぎた。何人ものヘルパーが出入りして身体処理してもらうことに母は不快感を抱いているように感じた私は、思い切って看護師以外の介護は自分が負担することにした。母は息子に身体を任せた方が安心でわが子が親を粗末に扱うことはないという信念を持っているように見えた。

七月に入って腰の痛みが薄らいで少しずつ体を動かせるようになった。

自分でトイレに行きたがる。紙パンツにパットを当てているので寝たままでも差し支えないのだが、動けるにもかかわらずそのまま排出してしまうのを屈辱と感じるのだろうか？　人の終末はほとんどの人がこのようになるということを充分に理解していない。自分でできる限りやろうとする。

今はそんなにしなくてもいいのだけれど、生きる価値がそこにあるかのように頑張ってしまう。これが三十三歳で夫と死別し、子供三人を抱えて生きてきた母の習性なのだ。

早くから人に寄りかかってしまうのもいいとは言えないが、頑張りすぎるのも問題なのだ。人は誰も必ず助けを求めなければならない時が来る。

日常生活の人間関係の中で、一方的な依存は、その者の精神の自立を妨げてしまう。しかし身体的機能が不全なときは、生命維持のために依存は避けられないと思う。

七月半ば、私の腹部の皮膚に炎症が現れた。針で刺されるような軽い痛みがある。炎症は日毎に帯状に広がって行く。

近くのT診療所のE医師は一目見て帯状疱疹の診断を下して飲み薬と軟膏を処方した。身体の免疫力が低下した結果だという。あまり自覚はなかった。心身の疲労の蓄積のようだ。しばらくの間安静に生活したほうがよいとの指示を受けた。

ここ二ヵ月余りの介護で知らないうちにストレスが溜まっていたのだろう。あまり安静にもしないうち十日くらいで症状は消えた。かゆみが多少あったくらいで日常の生活に変わりはなかった。

食欲が進まないまま液体栄養剤でつないできた母の容態を見て、夏を越すのがむずかしいかも知れないとE医師は言った。体重が三十キロを切って小さくなった母を見れば、そうかも知れないと思った。

二ヵ月前に顔をゆがめて苦痛を訴えた腰の痛みは、潮が引くように治まっている。安らかに逝って欲しいと願うばかりである。

しかし母の生命力はまだまだ残っていた。立ち上がって歩行器を使って七、八メートルの廊下の先のトイレに行けるまでに回復した。足の衰えを防ぐために少しでも歩いたほうがいいと思ってポータブルトイレはまだ使用していない。少し介助してやればほとんど排泄の失敗はない。カステラや野菜ジュース、時にはごはんも口に入れるようになり、体力の回復は目に見えるほどだった。

九月に入ってからはトイレ失敗もほとんどなく、訪問看護による入浴も回復した。看護師が母の生命力に「すごいですね」と感心したように言った。T施設の五日間のショートステイにトライして耐えられた。こうして危ぶまれた百一歳の誕生日を越した。
十、十一月は一週間前後のショートステイを試みながら、介護する私ら夫婦も息抜きのため温泉旅行をした。この先の介護のためにまず健康を維持することがもっとも肝要なことなのだ。
母が九十歳を過ぎて停年まで五年ほどを残していたころ、私はもう少し長生きしてせめて仕事が終わってから逝ってもらいたいと願っていた。そのころ母も私もその後十年以上

も母の命が永らえるとは思っていなかった。
最近は母は「百歳を越えてまで生きるとは思ってもいなかった」と言う。こんなに多くの人たちに世話になるとは思ってもいなかったのだ。しかし命があるとはいうものの日ごとに身体能力は衰えていく。
年末からの一週間と年が明けた八日から一週間のショートステイの予約がとれた。施設の部屋が空かないかぎり予約は取れない。おそらく正月を自宅で過ごす入所者の部屋が空くのだろう。中四日の在宅を挟んで比較的長いショートステイとなる。
十二月に入ってからの体調は悪くない。充分年を越せると思った。施設への送り迎えは私がやる。最初一、二回施設に依頼した。しかし、何人かを移動しながら運ぶため、車内で長時間を過ごして体力を消耗し、帰宅するやいなや「疲れた。疲れた」と言いながらベッドに入って寝てしまう母を見て、その後は私が送迎をすることにした。私自身の時間の経済にもなる。

年末に母を送り込んで二、三日したとき施設のKさんから「正月明けの中四日もステイできますが、どうしましょうか」との電話があった。

寒さの中を移動するよりも管理が行き届いた施設で過ごした方がいいのではと考えて、体調を確かめた上で連続してステイさせることにした。一挙に三週間の施設生活をすることに多少の不安を感じないではなかったので、三日に一度は着替えや洗濯物を取りに行きながら母の状態を観察していたが変調は感じなかった。

Hさんからの突然の電話は十日目の夜のことだった。「今はベッドで寝ています。腰が痛いと言っていましたが、血圧が少し高めのほか変調はありません」。血圧は百五十だと言う。トイレで失敗して興奮状態がまだ引きつづいているとすればこの程度の血圧になるだろう。ここ何年かの間にしばしばこのようなことがあった。

「明日行きます」と言って電話を切った。万一のときの事はとうに覚悟している。

次の日、母はベッドに横たわっていた。確かに元気はない。腰痛が激しく車椅子で食事やトイレに移動している。初めて車椅子に座ったものの、自力の操作はできないのでヘルパーさんの介助である。

血圧を測ると相変わらず百五十以上ある。ただ食欲はあるとのこと。差し迫った命の心配はない。この状態で家に連れ戻しても充分な手当てはできない。予定通り後一週間ほど施設の看護で様子を見ることにする。

迎えに行った日、まだベッドから自力で立ち上がることはできない。ヘルパーさんが二人がかりで車椅子に乗せた。いつもは帰る際に入所者の皆さんに挨拶するのだが、その日は固い表情のまま玄関前に停めた車まで車椅子で運ばれた。

帰宅後も腰の痛みを訴えるが、私がベッドから立ち上げて歩行器を使いながらトイレに行く。夜、ふすま越しの微かな気配に起きて介護する。毎夜二時間おきに三回程度は起きる。その他の時間はほとんどベッドでうとうとしている。

ベッドに吊るした網走在勤時に登った阿寒登山祭記念の熊除けベルの音が、母の立ち上がりのサインだった。一人はいつも家にいなければならない。

二年前のぎっくり腰の再発を恐れて家人にはなるべくさせないようにしていたが、私の留守に排便の失敗があり、トイレやらパジャマやらに便が飛び散り苦労させてしまった。「オムツを当てているので寝たままでもいいよ」と言ってもなかなか実行できない。腰の痛みが和らいでくると歩行器を使って動いてしまう。

このような状態の介護がつづくと再び帯状疱疹が発生しそうな予感がする。Ｓケアマネジャーに相談して、いよいよポータブルトイレをベッド脇に備えることにした。暖房脱臭機能がついて一見すれば家具調の椅子である。価格八万円の買取りだが、介護保険が適用されて一ヵ月後に価格の九割分は還付されるという。

ベッド脇の障子を開けた廊下に備えたので、ベッドの手すりを支えて立ち上がれば、一、二歩で椅子の肘掛を頼りに便座を使用できる。蓋の開閉を教えると難なく使えるようになった。

母は「楽になったよ。気配りありがとう」「子に勝る宝はない」などと言いながら、山上憶良の歌をいつものようにつぶやいている。「世話を掛けてごめんなさい。こんなに生きるとは思わなかった。何もしないで寝ているだけの役立たずで、恩給だけ貰って申し訳ない」と繰り返す。

痛み止めの座薬を十日くらいつづけたところ効果があったのか痛みを訴えなくなった。

十年以上前に読んだ佐江衆一氏の『黄落』では、老いた母が施設で絶食をつづけて死を迎えた経緯が叙述されていた。そうかといってそれを母に強いることはできない。

毎度ベッド脇に運んでやる食事は、残すこともなく美味しいといいながら食べている。そして「もう充分すぎるほど生きたので、冥土へ行っていいのだけれどどうしようもないねえ」とつぶやく。そこには、まだ生死を分断できないままの迷いが仄かに見え隠れしている。

母の部屋は、仏間と呼んでいる広縁付きの六畳である。ここだけはエアコンを二十三度に設定して常時作動している。

朝、まず便器の処理と掃除をして新しい水を入れることから介護は始まる。私自身の食事をすましてから、次の介護に入る。熱い湯を洗面器にいれて蒸しタオルで母の顔を覆う。「ああ、気持ちがいい」と毎朝同じ言葉が繰り返される。顔をぬぐった後で両手の指先まで拭く。そして尻拭きタオルで下半身を拭いて新しい紙パンツに取り替える。上下の入れ歯を挿入して噛み合わせを確かめる。

三、四日に一度下着とパジャマを取り替えて洗濯する。私の介護はすっかり板についた。

さっぱりさせた後で、朝食をベッドの反対側のキャスター付き食卓に運ぶ。長年愛飲してきた牛乳一本に野菜ジュース、それにフレンチトーストかカステラ程度、時にはふりかけご飯に味噌汁を添えることもある。薬物や豆腐は食さない。豆腐は軟らかくて食べやすいし栄養価もあるので何回か試みたが駄目だった。

二月初め五日間のショートステイは何事もなく過ごした。その後も平穏に過ぎている。

書き残しておくことがあればと便箋と鉛筆を食卓に置いてあるが、書き留める意欲は萎えているのだろう。白地のままである。三年くらい前までは俳句を書き連ねていたのだが、心身は確実に衰えている。

母が私を出産したときの育児日誌が残っている。体重九百匁(三キログラム)で生まれ、冒頭のページに小さな手形が押されている。ほぼ一年の育児記録の中で、私は『坊や』と呼ばれている。今、立場が逆転してその母が旅の終わりを迎えている。出産には予定日があるが、旅立ちの日が何時なのかは誰も分からない。

母の旅立ち

七十歳を越えて高齢期に入った人は、確実に身体的にも精神的にも衰えている。感覚が鈍くなり、動作も緩慢になる。そうは言っても大脳皮質には長年の喜怒哀楽や愛憎の堆積がびっしりと刻み込まれている。まして母のように百歳を越えて生きた人間の脳内の堆積物は、親子であっても計り知れないものがある。

脳の機能が正常に作用している時は、時と場所と人に対して適切なコントロールが及ぶ。しかし認知症や脳障害のある人はその機能が侵されているし、正常な人でも時には夢の世界と現実が混同してしまうことがある。

それは暗闇で突然目がさめて方向感覚を失ってしまうような単純なことではなく、夢（幻覚）に従って行動してしまう。そこでは時間も空間も現実からかけ離れてしまう。

私は今まで通常に日常生活を送っている人が、突然幻覚に従って行動するということがあるのだろうかと半信半疑だった。ときどき重篤な病気に罹った人が、夢の中で「天国のような美しい花園に誘われた」とか「三途の川を渡るばかりだったけれど、向こう岸の人が帰れというので帰ってきた」とか言うのを聞いたことがある。しかしそれを真から信じることはできなかった。

母の脚力が萎えて歩行器を使っても八畳一間隔てた先の洗面所までの移動が困難になった。移動が間に合わなくて糞尿にまみれてしまったことが二回くらい続いて起きた。母の生活空間は極端に狭まっていく。行動は身の回りせいぜい一メートル四方である。介護ベッドと広縁に置かれたポータブルトイレとの間は、障子を挟んで一メートル弱である。母はポータブルトイレの使用にはすぐ慣れた。まだ精神作用は維持されているように見えた。

例年になく気温の低い日が続いていた彼岸明けのある夜半のことである。動けないはずの母が、部屋の明かりつけてストックでコトンコトンと廊下を歩き出した。物音に気付いて「どうしたの?」と聞くと「トイレに行く」と言う。「ベッドのそばにあるからそこでしていいよ」と言って納得させたが、ポータブルトイレを忘れてしまったようで少し気になった。

ベッドに戻った後もなかなか寝付かない。「お客さんが大勢来ているからお茶を出してやってちょうだい」「座布団は押入れのなかにあるから」といいながらベッドから降りて押入れを開けようとする。「お客さんは帰ると言って帰ったからもう寝ていいよ」と促してベッドの中に寝かせた。すると突然「おじいさんがそこにいるじゃないの」と、ベッドの脇に立っている私の背後を見ながら言い出した。そこに仏壇が設置されている。祖父は亡くなって四十四年になる。母の言動は明らかに幻覚であった。

明かりを消して眠りに入ってから、一時間もたたないうちに再び声を出し始めた。「バスに乗り遅れてしまいました。すみません。ごめんなさい」「千手堂の人たち、英松兄さんも一緒に来ます」意味不明の言葉が矢継ぎ早に出てくる。千手堂は母の生家のあった字の地名、英松は三十年まえに亡くなった母の次兄の名である。

こうしてその夜は明け方近くまでしゃべり続け、疲れ果てて昼近くまで眠っていた。目がさめてから軽い食事を持っていくと「ありがとう。お世話になります」といつもの口調で言う。「夕べのことを覚えている?」とたずねると「何があったかね」とまったく記憶はない。「夢をみていたのかね?」と焦点の定まらない視線でつぶやいた。

意識の底に沈んでいる不安が引き起こす幻覚なのだろうか？　二、三日ぼんやりしていたが、その後の一週間のショートステイは問題なく過ぎた。しかし集団の中では緊張するのだろうか、排便がうまくいかない。ただ刺激と緊張は、度を越さない限り人間に必要なのかも知れない。不安のない毎日が戻ってきた。

花冷えの日がつづいて今年の桜はなかなか散らない。毎月前半と後半に五日から一週間のショートステイを入れて母の在宅介護は続いていた。

五月の連休明けのころから再び気分が高揚してきた。血圧が上がり気味になる。意味の取れない独り言をしゃべり続ける。夜昼なく唱歌を歌い続ける。「あたまを雲の上に出し、＊＊＊、雷さまを下に聞く、富士は日本一の山」を際限なく繰り返している。二小節目がどうしても思い出せないらしい。

翌日は「ぽぽっぽ、はとぽっぽ、豆がほしいか、そらやるぞ」と歌い続ける。随分消耗するだろうと思った。夜中もひっきりなしにしゃべる。「お世話になりました。ありがとう」と言ったかと思うと「あそこにいるあの子は雨に濡れて可哀相だね」とそこに誰かがいるように話し続ける。ベッドから立ち上がろうとするので、「危ないからそのままでいいよ」と言えば「そうだね。ころんじゃうからね」と素直にうなずいて答える。こうして明け方近くまで夢の中でしゃべりつづけ、疲れ果てて眠りに入る。

二、三日こんな日が続いてショートステイが心配されたが、八日間のステイは無事に過ぎた。施設の職員に様子を尋ねると特に問題なく過ごし、ゲームにも参加し食事もほとんど残すことはないと言う。

帰宅後も特別の問題はないが、あの高揚したエネルギーは感じられなくなった。食事をセットしてやる都度「ありがとう。お世話になります」を繰り返している。次弟が二ヵ月ぶりに様子を見に来た。顔の識別は直ちにできるが「ありがとう」と言うだけでその声も以前より小さくなった。

五月二十一日の日記に「母の元気が日ごとに失われていく。このところその傾向がいちじるしい。来るべき時期は何時になるだろうか」と、二十五日は「母の調子は低レベルのままいいとも悪いともいえずに留まっている」と記されている。

前日の深夜、再び起き出して「ボクはどうした？」と襖を開けて座敷を伺うように見回した。そこに私が寝起きしている。「ごみの中に寝ているから、片付けてやって」と言いながら自分のベッド脇に置いてあるごみ入れを押し出してよこす。小さい子供がそこにいると思い込んだ言い方だった。夢と現実の狭間の行動だろう。

妻の網走の友人三人が訪れるというので五月末から六月初めに八日間のショートステイをした。去年から決まっていた行事で、母の状態がずっと心配されたが、五日間の伊豆、箱根、八ヶ岳山麓、身延山の旅行が無事に済んで三人は満足して帰っていった。

母を施設に引き取りに行くと、ヘルパーさんが「夜の尿の回数が十回くらいと多いほかは順調でした。皆さんとゲームやクイズをやりました。クイズでは私達より回答が早くて驚きました。まだ頭の方は働いていますね」と笑いながら頭を指差していた。この時は、これが母の最期のショートステイになるとは思いもしなかった。

六月十日、三週間ぶりに訪問看護師の入浴サービスだったが、足が上がらず浴槽に入るのは無理なのでシャワーで流してもらう。去年の夏、ベッドから離れることもできずに体を拭いてもらっていた状態から、秋になって再び湯船に浸かるまでに復活した時は看護師さんも「奇跡だわ」と喜んでいたが、ここに来てもう復活の見込みはない。

そして運命の時が来た。十一日夜九時半ころだった。茶の間でテレビを見てくつろいでいると、母のいる仏間でバタンと大きな物音が聞こえた。と同時に「痛い！」と悲鳴が上がる。

母がベッドと障子の三十センチもない隙間に後ろ向きに倒れている。抱き上げてベッドに戻すが四つん這いのままで動くことができず、横にしようとすると「痛い、痛い」と悲鳴を上げる。なんとか寝かせたものの右足を伸ばすことができない。右耳や両手の甲や肘を打撲している。

五ヵ月近く使って充分に慣れていたポータブルトイレのはずなのに、何故いつもの通りの手順が踏めなかったのだろう。あれだけ慎重にベッドから移動していたのに何故だろう。今でもその疑問は晴れない。

ベッドの手すりにかけた握力が萎えて体重を支えきれなかったのだろうが、「ふっ」と力の抜けてしまった原因が分からない。運動神経への脳中枢からの指令が欠如していたのだろうか？

母は一晩中痛がった。夜遅い時間を考えてE主治医への連絡は明朝することにした。後で考えると、この時直ちに救急車を呼ぶべきだったかもしれない。

朝八時、E医師が駆けつけてくれた。右足大腿部の骨折のようだ。診断の必要があるので救急車を呼ぶ。生憎土曜日で緊急病院が指定されている。できればE医師が関わっているS病院をと願ったが、N病院が当日の整形外科の指定病院だった。

救急車は五分も待たなかった。手際よく三名の救急隊員が、母を担架に乗せ救急車に運びこむ。母は不安そうだが血圧は百四十と八十で問題はない。意識も明瞭で、隊員の呼びかけに応えている。

「これは救急車かね。夢のようだね」と言う。もちろん母は初めての体験である。

緊急治療室に搬入された。すでに二家族ほどが無言で待機している。三十代なかばの医師二人が診断していた。一人がレントゲン写真を掲げて説明する。右大腿頚部骨折である。右大腿骨の頭が腰椎から外れて後側にずれ込んでいる。高齢者の骨折の八割近くがこの症例だという。

一昨年の暮れ、施設に入っている当時九十六歳の叔母も同じ症例で手術した。結果は良好で寝たきり状態を免れ車椅子で生活している。叔母の手術はS病院の整形外科だった。

母は百一歳だが私が知る限り入院治療をしたことがない。ドクターは鋼鉄製の人工骨頭で大腿頸部と腰椎を接続する人工骨頭取替手術の成功率は高いと手術を勧める。手術しないと寝たきりになり、ベッドで起き上がることもむずかしく、更に痛みが取れないと説明する。

叔母は半月あまりで退院し、その後車椅子への移動のほかに介助なしで生活している。F市の西山本門寺にあるお墓参りもできた。手術に耐えられる体力があるならば、施術していただきたいと申し出た。この結論に達するのにあまり時間は要らなかった。

こうして母はそのまま入院し手術のための検査を続けることになった。毎日様子を見に行くが、不安そうで声も小さい。十七日の午後と手術日が決まる。入院して五日目、ようやく置かれている状況の認知がクリアーになった。明日の手術を告げる。覚悟しているように見えた。

「ここはN病院だね。こんなところでは死にたくないね」とつぶやく。六人部屋で同じような高齢者の患者ばかりで、看護師やヘルパーの出入りが激しく騒々しい。やはり個室にすればよかったかなと少し悔やまれた。叔母の時も大部屋だったがもっと部屋が明るかった。

十七日午後、当初三時間以上かかるといわれた手術は二時間半くらいで終了した。全身麻酔なので覚醒まで二時間くらいかかる。ドクターの説明では手術は順調に完了したとのことだった。点滴と酸素吸入、血液循環を促すため汚れた血液は体外に管で排出しているので身動きがとれない。

母の両足がやせ細っているため通常の血栓防止の靴下では緩くて効果が上がらない。そこで両足のひざ下を包帯でぐるぐる巻きにしてある。意識は少しずつ回復して、午後九時ころほぼ覚醒したのを見届けてから病室を離れた。

翌十八日十時過ぎに行くと、すでにベッド脇の車椅子に座らされて上体をたすきで固定されている。随分リハビリに入るのが早いなと思ったが、N病院では早期にリハビリ態勢に入る方針を採っているとのことだった。

手術前の医師の説明の際に予想される合併症として挙げられていた中に肺塞栓、神経損傷、血管損傷、骨頭壊死があった。脱水を防ぐために「水分を補給してください」と看護師に言われてポットに冷やしたカルピスを持参して飲ませたが、ストローを吸う勢いが弱く喉を通り抜ける量が少ない。

食事の量はせいぜい半分である。車椅子に固定されての食事は、窮屈そうでとりにくく見えた。自分で食べられるので食事の介助はない。S病院と比べて熟練の介助担当者が不足していた。看護師も患者の要求に直ちには応じられないほど忙しそうだった。

抜糸したらリハビリ専門病院に転院するとのことだったので、その日の午後、家から近いリハビリ病院に行って申し込み手続きをした。担当者の説明を受け内部を見学した。N病院の看護と介助の態勢に満足できないので一日も早くリハビリ専門病院に転院させたかった。しかし抜糸までまだ十日くらいある。

私がリハビリ病院の手続きをしていたとき、妻が娘と孫達と一緒に母を車椅子に乗せて病院の談話室でコーヒー牛乳を飲ませたりした。母も喜んで「美味しい」と言って飲んだという。その場の誰もが母との別れが目の前に迫っているとは思いもしなかった。

十九日、朝、昼とも食事は半分以下と記録されている。車椅子の訓練に入っている。声は小さいが、耳元で話せば普通の会話はできる。「これからどうなるのかね」と言う。「来月早々抜糸が済んだら明るい病院に転院して、リハビリ訓練をするから」と納得させる。「面倒をかけるねぇ。お世話になります」と繰り返している。もう何か新しいことをやろうという気力は萎えている。

しばらく行けなかった山荘に夕方行って畑のトマト、なす、きゅうりを収穫する。樹木の剪定もやってその晩は泊まる。

翌朝早くに山荘を出て途中にある叔母の入っている施設に寄って様子を見る。叔母は変わりない。母が骨折で入院し叔母と同じ手術を受けて経過は順調だと話すと「頑張るように言ってちょうだい」と言う。叔母は淡々としている。

帰宅して母に飲ませるカルピスを保冷ポットにつめて病院に向かう。ベッド脇の車椅子で食事をしていた。シチューをゆっくりと半分ほど食べた。いかにも病院食で美味しそうではなかった。「無理して食べなくてもいいよ」と言って止めさせた。紙パックのオレンジジュースをストローで飲み干して終わりにする。持参したカルピスは「今は要らない」と言って飲もうとしなかった。

ふと見ると一昨日の飲みかけのコーヒー牛乳のペットボトルが棚の上に残っている。

「美味しいと言っていたので、飲ませて下さい」と看護師さんにお願いしてきたと妻から聞いていたが、それは実行されていなかった。少し悲しい思いが胸の奥を横切った。

朝から車椅子に固定されていて窮屈だったのか、ベッドに移りたいというので看護師に伝えると、「その前にトイレに行きましょう。家族の方も来て下さい」と看護師が指示するので、トイレにいって母の動作を補助する。ポケベルが鳴って急用で看護師が交替した。用が終わって看護師が水洗を流し母は立ち上がろうとした。看護師が前に立って抱きつくように言っても反応しない。少しふらついた。もう一度と促されて私も後ろから介助して車椅子に座らせた。

異常信号だったのか、病室に戻ると「状態のチェックをしますから、控え室でお待ちください」と指示された。程なく現れた看護師は「特に異常はないですが、少し血圧が上がって百五十でした。ベッドで休んでいます」と言うのでベッド脇で様子を見ていた。カルピスを飲ませたかったが、軽く寝息を立てて眠っている。一時間以上静かに様子を見ていた。

三時ころ目が覚めて耳元に口をつけて普通の声で母と言葉を交わしていた。隣のベッドの患者のチェックをしていた看護師が仕切りのカーテンを開けて覗き込んで言った。「親子だとその声でも聞こえるのですね」、私が「耳元で話しているから」と答えると「私がさっきもっと大きな声で話しかけたのに聞こえなかったの。声の大きさじゃないのかな？」と言う。そのとき聞き取れなかった母の気持ちが、私には分かるような気がした。

あまり疲れさせるとよくないと思い、荷物を確かめていると「帰る？」と言う。「うん明日また来るからね」と返すと小さくうなずいた。手を振ってベッドを離れると再びうなずいた。まさかこれが母との永遠の別れとなろうとは思わなかった。

午後七時前、突然机の上に置いた携帯電話の呼び出し音が気ぜわしく鳴りひびいた。ダイヤルに表示された番号に心当たりはない。受話器から女性の声が聞こえてきた。「N病院の看護師の＊＊です。ウタさんの容態が急変して今救急蘇生処置をしています。家族の方は病院に来て下さい。何時ころになりますか？」。これを聞いた時、直感的に母は死を迎えたと思った。蘇生処置に耐えられる体力はない。

七時半前に病室に着いた。長男が十分ほど前に着いて病室の扉を開けると、その中央に母のベッドが引き出されて医師と看護師らの蘇生処置が施されていたという。看護師が母の異変に気が付いた時は、すでに心肺停止状態で集中治療室へ移動する間もなかったのだろう。

ほどなく医師と看護師が心肺の機能を測定中の医療機器を携えて私達に説明した。心電図は三角波の頭が微かに表示されているだけでほとんどフラット状態である。そこには母の死が数値で表示されていた。死亡時刻は十九時四十七分と死亡診断書に記された。家族が死亡を確認した時刻である。死因は急性呼吸不全でその理由は不明となっている。

母の遺体を処理している間に病室のロッカーや棚の持ち物をまとめて原状に戻した。棚に貼り付けてあった食事摂取表によると夕食はほとんど食べていない。十口程度とバナナを少しと記されていた。母が食事を取ろうとしてこれほど少ないことはない。ほとんど口をつけていないか、口をつけようとした時に突然の心肺停止に襲われたのではないだろうかと思った。心肺停止の原因は血栓が肺に飛んで肺血栓を起こしたのだろう。そうとすれば母は、苦しみも痛みもなく一瞬のうちに幽冥の境界を越えてしまったことになる。

食事係のヘルパーが片付けた時、母は眠っているように見えて実際は息を引き取っていたのかも知れない。食後のチェックに入った看護師さんが気付いたのはその後のことだろう。母の旅立ちは死亡診断書に記載された時刻より一時間以上前のことだと思う。

そうだとすれば蘇生処置は無用のことになる。医師の最後の手当ての説明を受けながら、私はあばら骨が損傷するような蘇生術は避けて欲しかったと思っていた。ここ三年の歳月を母の終末介護に当たってきた私達家族は、母本人も含めて死を受け入れる覚悟は充分できていた。

こうして百一年八ヵ月の生は終わり、母は永劫の彼岸に向けて旅立って行った。

叔母の墓参り

六坪ほどの墓地に祖父母、父、叔父、叔母二人が眠っている。父は三十三歳で病死、叔父は二十二歳で戦死、二人の叔母は女学校時代に相次いで結核に罹って亡くなった。さきほどから和江叔母は合掌して祈りをつづけている。叔母は間もなく九十七歳になる。ここに眠っているみなが叔母が嫁いで家を離れるまでの家族だった。すぐ下の妹の京だけはその後結婚して家を出たのでここに眠っていない。

満九十六歳と長命だった祖母が亡くなってからすでに二十五年が過ぎ、祖父の死から四十年以上、あとの四人は六十年を越えている。

五年前にお墓参りして以来何回誘っても動こうとしなかった叔母が、どんな思いで今回のお墓参りを言い出したのだろう。その心の奥底をのぞくことはできない。

叔母は昨年五月、長かった一人暮らしに限界を感じT介護老人保健施設に入所した。昨年十二月なかばにベッドから落ちて大腿骨を折ってしまった叔母は、その後車椅子生活になって自力歩行はできない。T作業療法士とSヘルパーの介助を受けて、施設から車で一時間余りの山里にある墓地にたどり着いたのだった。

和江叔母はミッション系の女学校を出た後、県立女学校の専攻科を卒業した。昭和初期の時代では平均以上の学歴だったと思う。兄だった私の父が結婚すると間もなくお見合いをして家を出た。夫となった人は商業学校を出て登記所（現在の地方法務局）に勤めていた。叔母はこの結婚に最初から満足していなかったと思う。私と一つ違いの男の子を生んだ。子供を連れて祖父母の下へ帰って来た時、一度だけその従弟と会ったことがある。私が四歳ころのことである。叔母は京叔母のあっけらかんとした明るさと対照的に、沈み勝ちで笑顔をほとんど見せたことがなかった。

その後間もなく叔母は離婚した。結婚生活は五年もなかった。離婚の事情は分からないが、叔母の内心は、ただ真面目でおとなしく、堅実に型にはまった生活パターンの夫に満足しなかったのかもしれない。県庁の官吏で直情径行の祖父としては出戻り娘を引き受けるわけにいかない。叔母はタイピストの技術を身につけて単身満州に渡った。夫が満州鉄道電業部の技師だった京叔母夫婦を頼ったのだった。生活したのは新京（現在の長春）だった。

満州での生活は贅沢で優雅だったらしい。敗戦後もしばらくはそのまま秘書の仕事をつづけていたという。二年ぐらい経って引き揚げてきた。引き揚げにそれほどの苦労はしなかったと言うものの、リュックサック一つが全財産でゼロからの出発だった。

当時中学から高校に入った私はその当時の叔母がどのように職を求めて、生活していたか詳しくは知らない。市内の製紙会社に勤めて寮に入っていた。高校一年のころ、叔母にギターを買ってもらったことがあった。生活の目処がついたころだったと思う。そのギターは真面目に練習もしなかったので中途半端に終わってしまった。

間もなく叔母に再婚の話が出た。夫となる人は配偶者と死別して娘一人を抱えて、N市内で土木会社を経営していた。叔母が三十代なかばのことで、入籍しない内縁のままだった。

数年の間叔母の生活は華やかだった。結婚当時中学生だった継娘との折り合いもよく、家事に専念して平穏な日々が過ぎた。お琴の手習いも進み、各地のホールや公会堂で発表会に参加していた。毎日和服で過ごし、社長夫人の優雅な時代であった。

昭和二十八年春の彼岸のことだった。祖父はS村にある菩提寺の墓地使用権を買い取った。そしてそれまで本家の墓地に埋葬されていた父や叔父、叔母の墓をそこに移し替えてささやかな法事を催した。

私は工業高校を卒業してT電気会社F工場に就職して二年目だった。次弟が高校生、末弟は中学生で四十代なかばの母は、中学校教師として生活にゆとりの影さえなかったころである。

墓地は丘の上に広がり、西北に小高い山が連なり、背後の北側は何本かのケヤキの大木で覆われ、東南に棚田が広がっている。棚田が落ち込んだ沢を挟んだ向こう側の低くつづく山の鞍部に、富士山の上半分を仰ぎ見ることが出来る祖父が自慢した墓地である。

その法事の際、私たち家族と叔母たちと比べると一見して生活の格差が見えた。母の職業婦人然とした地味な黒の上着ともんぺ風ズボンと、叔母の黒地の和服姿の対称は鮮やかだった。

自己の将来に対する漠然とした不安を抱えた十九歳の私は、妙に惨めな思いがしてその場から早く逃げ出したい思いだった。無学無教養の自信のなさから来る焦燥感と不安が入り混じった複雑な感情だった。

その三年後、叔母の夫が経営する会社は倒産した。内縁だった叔母の固有の財産は、辛うじて差し押さえを免れたが、ほかの財産はすべて差し押さえられた。そして住む家がなくなった。愛用のお琴と衣装だけが手元に残った。債権者に追われ家族は離散した。そして一年も経たないうちに夫はガンでこの世を去った。就職していた一人娘はなんとか自活できたとのことだった。

そのころ、私は人生の転機を迎えて自分以外のことに構っていられなかった。


こうして再び叔母は谷底に落ちてしまった。しかし「私はいつも何人かの人が窮状を見かねて手を差し伸べてくれたのよ」と叔母は言う。再び会ったのは数年後のことで、私が大学を卒業して就職し、さらに結婚した後のことだった。

叔母が間借りしていた部屋は、二階の四畳半で階下が大家さんの住まいだった。近くの印刷所のタイプ仕事をやってどうやら生活の道が開けたばかりだった。明るい顔で苦労は少しも表に出さなかった。

そのころ七十代半ばの祖父たちは、農業を続けることが難しくなって富士山麓の生地の田畑を整理して私たちと一緒に住むことになった。職に就いたばかりの私にはまだ経済的な余裕はない。母の退職金と祖父の資金で、S市郊外の茶畑の一角に土地を求めて新築した。

祖父母は五十歳に近い一人暮らしの叔母の将来を案じていたと思う。同じS市の旧市街の東部に三十坪余りの形の悪い、だから坪単価が廉い土地を求めて、十五坪弱の小住宅を建てた。この家の基本設計は叔母が練りに練った。小さいながら合理的な間取りで叔母のタイプの仕事場が併設されていた。新建材が普及していなかったころで、従来の伝統工法による土と木の造りだった。当時はまだ仕事に誇りを持っている大工職人が多く残っていた。材料もよく選ばれて小さいながらしっかりした建物だった。

叔母は再び谷底から這い上がって安定的な生活への道を辿っていった。

祖父はそんな叔母を見届けたように昭和四十一年五月十四日、叔母の家で息を引き取った。八十二歳だった。

残された祖母はまだ元気だった。叔母は仕事に出てしまい日中は一人になる。近隣の人たちとの付き合いはほとんどない。生活の実態は独り暮らしのようなものだった。祖母は祖父と死別するまで何十年かの歳月を共に過ごしてきた。祖父の死の前、三、四年の間は目が不自由になった祖父につきっきりの毎日だった。

そして今解放された。七十七歳になっていた。嫁である私の母との同居生活の期間は少なく窮屈な思いがするだけである。残りの日々を意思どおりに生きたいと考えたのだろう。財産すべてをまとめて、再び生まれ育った富士山麓に残された屋敷跡に十坪ばかりの家を建てた。当時まだ存命していた二人の弟と相談してすべてを決めてしまった。

そして昭和四十三年夏の終わりのある日、突然私たちのところにあった家財を引き取りに来た。仏壇と共にすべての位牌も移動した。父の位牌を祖母は残すつもりで黙って別に包装してあったが、それに気が付いた母はいまさら残されてもという思いがあったのか、布団袋の間に父の位牌を差し込んだ。その間祖母と母の間に言葉のやり取りはない。三十年近い歳月が流れても嫁と姑との確執は拭い去られていなかった。

引越し荷物を開いているとき、京叔母が父の位牌に気がついて「こんなところに兄さんの位牌が入っている」と言ったが、祖母はそれを黙って受け取ってそのまま仏壇に納めたということを、ずっと後で叔母から聞いた。

私は祖父から家督を託されて一緒に住むことになったいきさつを考えると、和江叔母や京叔母と大叔父たちだけで事が運ばれてしまったことに釈然としないものを感じたが、あえて祖母の意思に逆らう気はなかった。それほどに祖母は生まれ育った土地に愛着があり、そこで土と共に住む人たちとの縁が深かったのだと思う。

祖母も叔母も一人住まいを選択した。そこには家督の観念はない。男と女の生き方の根底にある違いなのだろう。戦前の家族制度は民法で固めてこれを揺るがないようにした。墓地を開いたとき、祖父が私に誇らしげに語った言葉を決して忘れることは出来ない。祖父からの信託を裏切ることは出来ないと思い続けていた。私もまた古い時代の生き方しか出来ない人間なのだ。

こうして一人暮らしが決定的になった叔母の後半生が始まる。

和江叔母の満州時代の秘書友達で仲がよかった人が、九州阿蘇で宗教法人の教祖になっていると聞いたのは何年も後のことだった。教祖になったいきさつは知らない。随分美しい人らしい。ただの美人ではなくどこかに威厳があって、カリスマ性も身についていたのだろう。多分そのような宗教法人には相当の知恵者がいて叔母の友人はその美貌と才能で祭り上げられたのではないかと思った。

昭和五十年代に入って生活にゆとりが出てきた叔母は、何回か阿蘇の道場に友人を訪ねていた。そのころから私は単身赴任の生活に入って、遠隔地を転々としていたので叔母の生活についてはほとんど知らない。

叔母は色白で人並み以上の美形といえるかもしれない。それを意識していたのかどうか分からないが人一倍おしゃれだった。越路吹雪の大のファンで、舞台衣装のような衣服を自分でデザインして知り合いの洋裁師に縫ってもらっていた。アクセサリーもたくさん持っていた。本物は少なかったと思うが、イヤリングもネックレスもそのときどきで叔母によく似合っていた。

地味な母は、ファッションのセンスではとても叔母に太刀打ちできなかった。父と母の美的感覚の差異が二人のすれ違いを起こさせていたのではないかと常々思っている。

叔母は阿蘇の道場に出入りするうちに、今や教祖となった友人に教団の最高幹部になることを勧められたと言う。そして道場に泊まりこんでそのための修行をつづけた。しかし心底からの帰依に踏み込むことができなかった。その後会員として参加し毎年お布施を納めていたらしい。『命の水』と称する液体の入った小瓶が長年送られていたことをずっと後になって知った。

叔母は長崎県大村市から修行参加した会員に、大村の海軍工廠で戦死した叔父について「弟が、大村の海軍航空廠で戦死したのよ」と話したところ、それを聞いた会員が早速調べてくれた。

昭和十九年十月二十五日、当時日本有数の海軍航空機製造工場だった第二十一海軍航空廠が米空軍Ｂ29の波状空襲を受けて壊滅的打撃をこうむった。市民を巻き込んで三百人近い犠牲者を出した。この事実は大村市民には忘れることの出来ない戦争の歴史的悲劇であった。

叔母は満州にいて、叔父の海軍志願のいきさつも戦死の状況も知らなかった。この時になって初めて叔母は戦死した叔父の状況を知ることができた。

小学校五年生だった私は、木枯らしが吹き始めたある夜の遅く、知らせもなく訪れた祖父が、白木の箱を抱え軍刀を携えて振り絞るように「勲が戦死した」と言った一言が忘れられない。祖父母は男二人、女四人の子を育てたが、この時までに四人を失い、残された和江叔母と京叔母の二人は満州にあってこの先の見通しは霧の中だった。

大村の第二十一海軍航空廠は真珠湾攻撃の直前昭和十六年十月一日に開庁された。国内最大規模の海軍航空機製造工場だった。戦争末期に量産態勢に入ろうとしていた艦上攻撃機「流星」、局地戦闘機「紫電改」は零式戦闘機（零戦）と並んで名機と言われていた。しかし空爆で工場が壊滅し実戦の戦績はほとんどない。

戦後航空廠の関係者、遺族、大村市民らによって追悼式が催され昭和三十八年には慰霊塔が建立された。昭和五十年に慰霊塔周辺が整備されて慰霊塔公園となり翌年は三十三回忌の記念式典が挙行された。これを契機として「回想―第二十一海軍航空廠」というタイトルの立派な本が五十三年十月に出版された。この本の中に叔父と同期の海軍士官だった

K氏が叔父の氏名を挙げて追憶されている。

K氏の文は冒頭に叔父に対する追悼の言葉が述べられ、ご両親はこの世になく、ご遺族の手がかりもないと嘆かれていた。叔母の存在を知ってK氏の驚きと喜びは計り知れないものがあったと思う。叔母から祖母の生存を聞いて富士山麓の祖母をご夫婦で訪れたことがあった。当時私は地元を離れて勤務していたため、このような話はずっと後になってから叔母から聞いたものである。


祖母が田舎の一人暮らしを続けて十数年が経った。九十代半ばに差し掛かり、骨折して立てなくなった。入院してリハビリに務めたが限界となって叔母が家に引き取った。ほぼ一年叔母は祖母の介護に明け暮れた。私が信州に赴任して一年後の昭和五十九年五月十四日祖母は世を去った。奇しくも祖父が逝った十八年後の同じ日の旅立ちとなった。

解放され一人身となった叔母は七十代に差し掛かったばかりだった。毎年十月二十五日の供養祭前後は九州に出かけて式典に出席し時には遺族代表として挨拶をしたビデオが残っている。そしてその都度K氏に歓待され、九州各地を観光案内してもらい満喫することが出来たと聞いた。

しかし八十代半ばになってK氏も体調を崩され、叔母も腰痛などで足腰がなえはじめて九州行きはいつの間にか断念したようだった。そして動けなくなる前にどのように自身の最後を迎えるかを思うようになった。全財産を投じて終生までの施設を探したこともあった。介護保険制度が始まったころのことである。

婚家においてきた長男とは何十年も前に断絶したままである。しかし叔母にすれば唯一人の相続人である。叔母の人生に親子の生活上のかかわりはなかった。いつのことだったか「探そうと思えば探せただろうに、縁がないのよ」と漏らしたことがあった。後にも先のもその話は一回だけのことだった。


叔母には「家」という観念が薄かった。そして相続がどうなるのか考えたこともない。母親を抱えている私に負担を掛けたくないという思いはあったと思う。終生を託す施設は結局見つからなかった。私は一週間に一度は叔母の様子を見に尋ねていた。胸の片隅に潜む祖父の残した言葉を常に反芻し、叔母の最後は自分が引き受けなければならないと思っていた。人にはそれぞれに決定論的な定めがある。

ずっと以前から自分の骨は祖父母の墓の下に納めてと言っていた叔母が、いつのころからか九州の宗教施設に頼んであるからそちらで永代供養してもらうと言い出した。祖父母の菩提寺とは関係しなくてもいいとも言う。正確な金額は分からないがそれ相当のお布施をしたらしかった。

叔母とすれば負担を少しでも軽くしたいとの思いだろうけれど、死後の供養の負担は、人生末期の介護の負担に比べれば負担の内に入らないほど軽い。「私はずっと独りで生きてきたので、死んだ後も独りでいいのよ」と言うのが叔母の理由なのだが、その理屈の奇妙さに気付いていない。宗教施設の関係者に叔母のところに来てもらって、施設での供養の内容を説明してもらい永代供養は出来ないといわれてようやく納得したようだった。人は独りで生きてきたのではない。叔母が何と言おうとも祖父母の墓の下に納めるのが真っ当だと考えている。

介護保険制度を利用するためには、まず介護認定をしておかなければならない。そのうえで介護度に応じた援助を受けることになる。

まず手始めは叔母の家のリフォームを大々的にやった。百万円近い補助金があった。デイサービス、ショートステイと施設利用、ヘルパーによる日常生活の援助、具体的には買い物、通院の付き添い、掃除・洗濯の日常家事、更に給食弁当など一人暮らしが維持できるような態勢を作る。ケアマネジャーを通してすべての手続きを進める。叔母には手続きを自主的に進める能力はすでにない。

冬季は暖房の調節もある。ストーブに灯油を入れることも自分では出来なくなった。貧弱な食生活で、毎日の着替えも一人では大変になり、あれだけお洒落だった叔母が次第に単調な衣服だけの日々となり、豊かさのかけらも感じられない状況になっていった。それでも「生きていくのも大変なのよ」と言いながら、毎朝家の前をストックで百メートルくらい往復していた。

平成十九年一月の初め、ケアマネジャーのAさんから「左の耳の下に腫瘍のようなものが出来ています。病院で診てもらった方がいいと思います」と電話があった。私は一週間毎日叔母を車に乗せて通院した。そんなことがあってしばらく過ぎた二月半ばの朝、突然叔母から「来てくれないかしら」と電話があった。

急いで叔母の家に行くと、「今までこの家で最後まで生きたいと思って頑張って来たのだけど、もう限界なの、どこか施設に入りたいの」と言う。

二年ほど前にデイサービスの施設に関連する特別養護老人保健施設に二泊三日のお試しショートステイをしたことがあった。その時の体験がよくなかったので何としても在宅でヘルパーの援助で自宅で生きたいとの結論になっていたようだった。しかし忍耐強い叔母が一人暮らしに終止符をうとうとしている。今まで何回施設入所を勧めても応じようとしなかったのだ。

Aケアマネジャーの情報を受けて早速市内の施設を調べることにした。特養二施設ほか二カ所の施設を回ったが、叔母の終の棲家に相応しいところではなかった。特養施設は人里を離れた場所にあり、施設内がなんとなく暗い。規模が小さくて明るい施設はスタッフ不足だった。

義母が十年来入所しているK病院介護老人保健施設の系統の施設が最近S市内にも開設されたという情報があった。Aさんに確かめるとT介護老人保健施設の場所が分かった。

そこに行って即座にここしかないと思った。早速入所手続きに入る。入所待ちの方が百人近くいるとのことだった。長期入所のためにはショートステイを何回か体験してもらうことが条件になっていた。

二月からショートステイが始まった。長期入所は夏過ぎかも知れないと思っていたところ、一人暮らしが優先されて五月十二日に叔母は入所することができた。こうしてT施設は叔母の終焉までの生活の場となった。要支援1から始まった介護度は徐々に進んで入所時には要介護1になっていた。ストックを使っての自力歩行は可能だった。

施設はみかん山のふもとの小高い地所に建設された三階建てで、一階にショートステイ二十室、二階と三階がロングステイ各四十室の定員百名である。全室個室でプライバシーは保護され、部屋は十畳ほどのスペースにベッドとたんすがセットされている。開設されて一年なので、施設内が明るくて食堂、リハビリ訓練室、談話室などのスペースにも余裕がある。

叔母の部屋は三階にあり隣の談話室からは、南が開放され遠く清水港の向こうに伊豆の山々を望むことができる。バランスを配慮された食事の豊かさは、一人暮らしのときと比較にならない。しかし自分で決断したものの、叔母はなかなか施設内の生活に馴染めなかった。元来口数が少なく、リクレーションやリハビリ訓練などの参加は消極的で自室のベッドに寝ていることが多い。私たちと従弟夫婦が一週間に一度くらいの頻度で訪れている。せっかくの食事も十分食べないで残してしまう。ハイカロリーの特別食で補っているというが目に見えて痩せて顔のしわが多くなった。

七夕の短冊には「お父さん、お母さん天国へお導きください」とたどたどしく書かれていた。施設の夏祭りにも余り興味を示さなかった。「私は今までいろいろのことを体験してもう十分なの。そんなことをお話しても誰もわからないから」と言って入所している方々と語り合いはほとんどない。

十二月半ばの朝早く、施設から電話があった。「朝方、ベッドから落ちて骨折してしまったようです。救急車の手配をしますので病院へ連れて行って診断してもらってください」とのことで急遽入院手続きをとった。レントゲン写真を診ての緊急医の診断は、明らかに腰椎と大腿骨の付け根が折れて隙間が開いていて、手術しないとベッドに寝たきりで下半身は身動きができない状態になってしまう。手術すれば少なくとも車椅子状態には回復するということだった。

九十六歳の高齢を考えると躊躇したが、ドクターは手術のリスクは、絶対とは言えないけれどきわめて低いと説明する。叔母の寝たきり状態が目に浮かんだ。手術して二週間後の暮れも押し詰まって退院した。車椅子状態である。しかし移動ができる。リハビリ次第ではその範囲も広げることができるだろう。

麻酔の影響なのか叔母はこの手術の入院治療についていて記憶があいまいになっている。私は毎日のように病院の指示に従ってベッドサイドに様子を見に行った。

退院後も叔母の意識状態はすっきりしなかった。気分も落ち込みがちだった。食欲もますます落ちて、春先まではこのまま逝ってしまうのかと思ったほど弱って見えた。

それでもスタッフの援助で車椅子の操作が少しずつ上手になった。自由に動けなくなっただけスタッフとの接触回数が増えて施設への適応の度合いが上がってきたように見える。お花見に連れ出してもらって外の空気に触れた。わずかに活力が回復した。スタッフ

の勧めでノートに一行日記をつけ始めた。

「お刺身がおいしかった」「誰かあそびにきてくれないかなー」「お寿司がたべたい」「誰もこなかった」などが書き連ねてある。

六月になって叔母のノートに「お墓参りがしたい」と書かれているのを見て驚いた。墓地は車で一時間以上かかる山の中にある。しかも墓地内だけでも車椅子では容易ではない。一週間後、同じように書かれた文面を見て、叔母にその真意を確かめた。「行きたいの」とはっきり言った。

スタッフも連れて行ってやりたいと言う。スタッフ全員と私が参加して墓参り実行の打ち合わせ会議をもった。Kケアマネジャー、

Y看護師、T作業療法士、K栄養士、Sヘルパーがチームメンバーである。TさんとSさんが叔母を車で運び、私が別の車で先導することにした。

障害者用のトイレを確保しなければならない。幸い山里の寺だが鎌倉時代からの由緒ある寺院で樹齢三百年を越す大銀杏や、真偽不明だが織田信長の首塚もある。最近県の補助金で障害者用が設置されたきれいな手洗い所が建設されていた。もう一箇所は私の山荘を使用すればよい。

墓参り当日の数日前に墓の周辺を掃除し、車椅子のルートを点検した。多少の雨でも実行するということだったが、七月十五日は暑いほどの日差しの真夏日だった。

お花と線香を上げて、三人で車椅子ごと持ち上げた祖父母の墓石の前で、叔母は静かに祈りを捧げている。

わずかに雪渓を残した夏の富士山が山の間にのぞいていた。

こうして叔母の第一回目の墓参りは終わった。

入所以来外に出掛けたがらなかった叔母は、これが刺激になったのであろうか昨年は春秋と二回もお墓参りを実行した。そして九十八歳になったこの春も桜の満開の頃、お墓参りを予定している。まだ命の火が灯り続けているのである。

Ⅲ　実弟との別れ

芳正よ、追いかけてくれ

「私のお墓の前で泣かないでください――」。

最近しばしば耳にする新井満氏訳の「千の風になって」の冒頭の句である。

原詩は北アイルランドで古くから歌われていた民謡とも言われているが、昨年の大晦日にＮＨＫの紅白で歌われて、多くの人々の心の奥深くに浸透してきた。

最愛の肉親を失った者の悲しみを癒し、その悲しみを乗り越える元気を与えてくれる歌である。

私は三人兄弟で、末弟の芳正は五歳下である。芳正が二歳のとき父は死亡した。だから芳正は実の父をまったく知らない。

母は東京の女子専門学校を出て、静岡市郊外の青年学校で教員をしていた。生徒は高等科（現在の中学）卒業の女子で、主教科は裁縫と作法であった。母は教え子の中から芳正の子守と家事のお手伝いさんを頼んでいた。しかし大東亜戦争が長引くにつれて青年は次々と召集され、女子も銃後の担い手として貴重な労働力となった。教え子を子守に頼めなくなった母は、天竜川河口近くの私たちが「遠州の家」と呼んでいた生家に芳正を預けた。

母方の祖母は早くに夫と死別し、広い田畑を作男に頼って耕作していた。芳正は後年、祖母はなかなか厳しい人で、朝は家の近くの農道を一回りするのを日課とし、食事は必ず「美味しいね」と言わなければおかわりはもらえなかったと言った。

夏休みや冬休みに母に連れられて、時には一人で遠州の家に行った。帰り際に芳正が泣きながら追いかけてくることがあった。私と芳正が別れのつらさを知った初めであった。

五歳になった芳正が新富町にあった保育園に入園したので、手越の借家に住んでいた私たち親子は、束の間ではあったが四人一緒に生活できるようになった。

大東亜戦争はいよいよ末期となり、サイパン島が米軍の手に落ちて、本土空襲が始まった。三月十日の東京大空襲以来、日本本土の主要都市は、毎夜のようにＢ29による空襲に曝された。そして昭和二十年六月十九日の深夜、静岡市街も空襲により焼け野原になってしまった。制海権、制空権を奪われて日本軍は断末魔の状態だった。通学時に米海軍のグラマン艦上戦闘機が軍需工場を爆撃し、機銃掃射の機関銃弾が打ち込まれることもあった。

その年の四月、芳正は国民学校に入学した。本土決戦をひかえ、幼い芳正は足手まといになり危険に曝されやすいということで、今度は父方祖父母の許に預けられた。

祖父母は昭和十九年の春、静岡市馬渕の住居を売り払い、生まれ育った富士山麓の山村に移転して自給自足の生活を始めていた。長男（私の父）を結核で失い、その三年後に海軍少尉に任官したばかりの次男（叔父）も九州大村海軍工廠の空爆で戦死してしまった。祖父母は芳正を手元において家事を手伝わせながら、将来にわたって養育しようと考えていた。

夏休みや農繁期に、私はできるだけ芳正に会いに行った。芳正は留守番をしながら、かまどの前でよく火燃しをしていた。湿った薪は容易に燃えつかない。火吹き竹を吹きながら煙にいぶされて涙と煤でくしゃくしゃになった顔が、私の声を聞いてうれしそうな笑顔になったのが今でも目に浮かぶ。

休みが終わって帰るとき、芳正は山道を泣きながら追いかけてきた。それを追い返すために、殴ってあきらめさせたこともあった。それは私にとっても芳正にとっても心底辛く悲しい別れであった。

学年が進むにつれて芳正は自分の置かれた状況を認め、バス停まで送って来たり、時には一日数本のバスに乗り遅れて、峠まで三十分近く山道を一緒に歩いたこともあった。当時その峠に立つと、何一つさえぎるものがない富士山が視野いっぱいに飛び込んできた。

だがどうしても芳正は、母の許が恋しかったのであろう、五年生の夏休みに母の手作りの布製ランドセルに学用品を詰め込んで家出を決行し、当時市内鎌田の青年学校の宿直室で生活していた私たちのところへ戻って来てしまった。

以来四人の生活は、私たちがそれぞれ大学に進学して次々と家を離れるまでつづいた。私は仙台に、次弟は東京へ芳正は神戸へと、私が三年の工員生活を経ていたので、同時に三人が学生だったときもあった。

卒業して心理学専攻の私は家庭裁判所調査官に任官し、法律専攻の次弟と経済専攻の芳正は実業の世界に入った。

その後私は簡易裁判所判事に転官して東日本各地を転勤し、弟たちもそれぞれの方向で職業人生の働き盛りを迎え、慶弔時のほかに会う機会もないまま長い年月が過ぎた。

芳正は企業人として彼らしい気配りと真面目さでひたすら励んだ結果、日清紡績株式会社の常務取締役まで勤め上げ、その後関連の不動産開発会社の社長となった。

三年前の一月、私は山岳遭難で九死に一生の大怪我をして、一カ月以上の入院治療をやむなくされた。芳正は二度大阪から病室に見舞いに来た。一度は京都の銘菓、二度目は私には懐かしい仙台の最中を持参してくれた。

まだリハビリ中のその年の夏、私は祖父母が富士山麓に残していた三百坪弱の屋敷を取り壊して、小さな山荘を建てた。そこは芳正が幼い日に四年の歳月を過ごしたところである。お盆の墓参りをかねて兄弟が集まった。九十五歳になった母も一緒だった。このときはこの先の母の寿命を思うほか、芳正の命の炎の揺らぎを思うことはまったくなかった。

しばらく音信がないままに過ぎた翌年四月末のある夜、芳正の妻陽子から突然電話があった。

「夫が悪性腫瘍の疑いがあって、脾臓全部と膵臓の一部摘出の手術を受けました」とのことだった。手術は芳正が選んだ大阪中之島のS病院で施され、結果は良好とはいうものの、膵臓癌の存命率は極めて低い。

術後の体力回復を待って七月に静岡のNホテルで快気祝いをした。芳正の外観に病気の徴候は見えなかった。本人自身治療効果を信じているようであった。しかし私は膵臓癌に関する知見に照らして、単純にそれを信じることはできなかった。

案の定、九月、十月になっても腫瘍マーカーの数値は高いままであった。十二月に再手術すると聞いて私は晩秋の大阪を訪れ、S病院近くの高層ホテルのレストランで芳正と食事しながら病状を聞き、案内されてS病院を見学した。

その一週間後手術が施され、膵臓と腸の一部を摘出した。退院後の年の暮れ、芳正が一年前に買い求めて以前から一度来てくれと言われていたマンションを妻と訪れた。広い屋上テラスは庭園で、その一角に稽古用の能舞台がセットしてあった。芳正の稽古は、謡から仕舞に入ったところで、まだ何回も使っていなかった。

そして昨年一月から、副作用を恐れて躊躇していた点滴による抗癌剤治療に入った。癌細胞はじわじわと芳正の身体の奥深くを蝕んでいる。しかし芳正はまだ治療効果を期待して、ゼミ仲間の誰それは手術後一年でゴルフを再開しているなどと言っている。

四月末、姪の恵美の東京出張に引っ張られて芳正が静岡を訪れたので、母も連れて山荘に一泊した。快晴の翌日、白糸の滝を経て田貫湖から朝霧高原へ、更に本栖湖、精進湖までドライブした。富士山は頭が隠れていたが、富士五湖は今を盛りの桜であった。そのとき私は、来年この桜を芳正と見るのは所詮叶わぬ夢だろうと思った。

そして帰り際に、あらかじめ用意した線香を持って菩提寺の裏山にある墓地に墓参りをした。そこには祖父母、父、叔父のほかに私が生まれて間もなく女学校時代に亡くなった二人の叔母が眠っている。姪の恵美の目に涙があふれていた。彼女は父親の命の炎が大きく揺らいでいるのを知っている。

五月に入って、癌が芳正の骨を侵し始めていた。大腿骨に鈍痛を感じながらの抗癌剤治療であった。すでに一人ではM市から電車を乗り継いで中之島まで通院するのは困難になっていた。左足が不自由になりストックに頼るようになる。私は梅雨の最中に大阪を訪れた。芳正の腰椎から大腿部の痛みは激しく、一定の姿勢でいることが十分と出来なかった。

私はテニス仲間のS氏と毎年秋の彼岸に行われる芦屋国際ローンテニスクラブのグラ

ンドベテラン大会にエントリーしていた。関西に不慣れな私に、芳正は梅田の駅ビルのホテルを予約してくれ、大会前日にその駅ビルの和食処で一緒に食事をした。その時は左足が不自由であったが、ストックに頼りながらも一人で駅改札口まで出迎えてくれた。

更にその月の終わり、関西に古くからある有馬温泉に芳正夫婦と一緒に泊まった。思えば初めてのことであった。帰宅した直後、芳正から「今度はこちらで持つからもう一度来年温泉に行こう」と電話があったが、その実現の可能性はほとんどないと思った。

十二月上旬、私は初めて神戸ルミナリエの会場を歩いた。このまばゆい光の楼閣は震災によって失われた数多くの命の鎮魂の場であった。辺りには葬送の調べが静かに響いていた。

翌日訪れたとき、芳正は骨の癌侵蝕が進んで、ストックを頼りに室内を自力で動くのが限界であった。食欲は普通にあるというが、体重はすでに五十キロを切っていた。

主治医は芳正の命の残りを陽子と恵美に告げたらしかった。そこで恵美は芳正の介護に専念するため三カ月の介護休暇をとった。

一月初め、芳正からメールがあった。「調子がいいので、箕面の滝への遊歩道を歩こうとして、少し行ったところで足をくじいてしまった。油断です」更に二月十日の夜、陽子から電話があった。「昨日ちょっとした弾みでベッドに左手をついて上腕部を骨折してしまいました。整形外科医の応急処置によって今は三角巾で吊っています。体力消耗を考えると手術は無理だと思います」

私はこれを聞いて、芳正の骨の侵蝕はすでに全身に回っていると思った。千葉の次弟に連絡して、連休明けに芳正に会いに行くことにする。あいにくの小雨模様の薄ら寒い天気だった。兄弟三人が揃ったのは三年前の夏の山荘以来である。芳正は気に入りのマンションに三人が揃ったのが何よりうれしかったようである。

右手だけが使えるほか、立っていることもできない。ベッドから車椅子に移るのも介助がいる。午後二時から四時半まで話題の多くは、幼いころのはるかに遠く過ぎた日々の出来事であった。

芳正は初めて「この自分の病気は治ることがない」と漏らした。つい最近までは、抗癌剤、放射線、温熱、酵素風呂と様々な治療方法を試みることによって、その治療効果があるのではと、どこかで期待していたのである。しかし経過は悪化の一途をたどり、ここに至ってわが身の病状が急速に進んでいることを認識せざるを得なかった。それは死を受け止めるということである。私はひとつしかないこの命を細々でもいい、糸ほどでもいいから永らえて欲しいと思った。

別れ際、芳正と握手してその肉の削げ落ちた頬を両手で挟んで、「大切に、大切にそして心静かな日々を」とささやいた。私の胸の内はあの幼い日々にすっかり立ち返っていた。玄関の靴脱ぎまで恵美に車椅子を運んでもらい、そこでもう一度握手した。芳正は目を真っ赤に張らしてこらえようもなく涙があふれていた。

立ち去りがたい思いでドアを閉め、外に出た私は、振り向きながらドアの向こうの芳正に、胸の内でつぶやいた。

「追いかけてくれ、今度こそ決して追い返さないから」。

その後三月、四月、五月といずれも次弟と一緒に芳正に会いに行った。

三月には新しい車椅子にして比較的長い時間座っていることが出来ると言ったが、行動の自由はほとんど失われてしまった。抗癌剤治療はこれ以上続けても効果がないばかりか健康な組織が破壊される恐れが強いと告げられて、ペインクリニックチームによる痛みを緩和する療法のみとなった。介護度は四にランクされている。公的な介護ヘルパーが何人か交代でほとんど毎日訪問看護に当たってくれる。

四月、箕面公園の花見を一緒にしたいと言うので、介護タクシーに一緒に乗りマンションの裏山に登った。紅葉で知られた箕面の滝の上の山道を行き、車から降りて満開の山桜の群れを眺めた。しかし芳正は車椅子に乗ったまま、タクシーの後部に動かないように固定されていた。

すでに家族で葬送のやり方について共通の理解が取り交わされていた。生前の様々な人との付き合い方は、その人の生きたその時々で微妙に異なっている。一次的にはごく近い親族のみで執り行い、事後に日清紡に知らせ、大学のゼミ仲間や謡の仲間はそれぞれマンションに集まって、語り合い偲んでくれればいいというのが芳正の希望であった。

無理かと思われた五月の訪問も何とか終えた。唯一つ自力で使えていた右手も不自由になり、箸が使えないので恵美に食べさせてもらっている。

ほとんど毎日のようにあった携帯電話のメールのやり取りがすっかり減ってしまった。

一週間に一度それも恵美の代筆？　となる。「寝ているほうが楽なので昼間もほとんどベッドに寝ています」とメールにあった。そして「手足の上げ下げができなくなって行くのを感じ、余命を知るようになっています」と付け加えてきた。六月の訪問予定日を芳正の指定で八日と決めたとき、私は少し遠すぎるのではと胸のうちを不安がよぎった。

六月三日の午後、陽子から電話があった。「八日にしたけれど一日にすればよかった」と芳正はうわ言のように繰り返している。全身の痛みが激しい。陽子と恵美が交代で足をさすっている。六月に入ってからほとんど食事がのどを通らなくなった。わずかに果物の汁を口に注ぐ程度ですと言う。

死期が迫っている。八日を待っていられない。私はその翌日駆けつけた。千葉の次弟はあいにく差支えで一緒に行けなかった。新幹線の車中でこのまま意識が回復しないのではと半ば覚悟していた。午後早くにマンションに着くと門口で待っていた陽子が、朝八時に目が覚めて今は普通に会話が出来ると言う。二日間の意識混濁から奇跡的に抜け出していた。

芳正は話し始めようとして、いつもベッド脇に私と並ぶ次弟が見えないので「サトルちゃんは？」と問いただした。「急だったので今日は一緒に来られなかった」と言うと納得したようだったが、ちらと淋しそうな表情が顔に浮かんだ。内心私は可哀相なことをしたなと後悔した。無理にでも次弟に今日来るように言えばよかったと思った。

その後私は三時間近くベッド脇で芳正と語り合った。声は小さかったが明瞭で反応も早く、意識レベルはまったく正常だった。

午後五時過ぎ、ペインクリニックチームのリーダー松山医師の診察があった。その後別室で今後の医療について医師と家族との合意確認がなされた。それは点滴や人工呼吸による延命方法をとるか否かであった。かなり以前から家族間で一切の延命治療はしないと決めていた。この時点で医師の診断による余命は一週間か長くて二週間とのことだった。

帰り際、「また来るからね」と言うと、芳正は「このようなことを何回か繰り返して…」とつぶやきながら次の言葉は呑み込んでしまった。死を受け入れているとはいっても、人が自らの死を目前にしてそれを口に出すことは容易に出来ることではない。このとき私は、死を常に意識の内に入れながら生きなければならないが、それを軽々に口にすべきではないと芳正から教えられた思いであった。陽子に死の予兆があったらすぐ知らせるようにと言い残して、その日の夜遅く静岡へ戻った。

その翌日から芳正の意識レベルは下がって再びうわ言状態になり、その後はうわ言さえも言わなくなった。二日後、私は次弟とともに終末の準備をしてマンションを訪れた。

芳正は最初のうちは呼びかけに目を開いていたが、やがてその反応も薄れ口呼吸が同じリズムで続いていた。聴覚が人間に残る最後の感覚だという。医師は今夜遅くから明朝かと私たちに告げた。長女夫婦を加えて全員六名がベッドの両脇で芳正の手や足を握りながらその時を待った。夜半になっても状態は変わらない。私と次弟はリビングに敷かれたふとんに入った。そして何事もなくその夜が明けた。

芳正の呼吸は続いている。午後になりそして再び夜が訪れた。寝息は小さくなったがリズムに変化はない。今日の朝から夜までの変化のなさに、私たちは内心明日の朝明るくなってからかもしれないと思っていた。そのとき突然呼吸が少し乱れて寝息が小さくなった。そしてそのまま消え入るように止まってしまった。この間ほとんど表情、身体に目立った動きはない。

時に平成十九年六月八日午後十時、それは生死の境が判然としないほど安らかな死であった。

一瞬、夜空に閃光が走り、辺りの空気をふるわせて雷鳴が轟き渡った。

膵臓癌の診断から二年四カ月、こうして芳正の六十八年の人生は幕を閉じたのである。

炎と昇天

一切飾りのないがらんとした空間に靴音だけが反響する。

正面の高さ三メートル左右の長さ二十メートルほどの壁に、縦十センチ横二十センチほどのレンガがぎっしりと埋め込まれている。その厚みがどれほどかは分からない。

そのレンガの壁が五区画に分かれ、それぞれの区画に高さ二メートル、幅一メートルの厚い鉄板製の観音開きの扉があって、扉の横に直径三十センチほどの回転式ハンドルが取り付けられている。僧侶の短い読経が済んで、制服制帽の職員によって台車に乗せられた弟の芳正の棺は、観音開きの奥に滑り込んでいく。そしてがたんと音をたてて止まり台車だけが引き抜かれた。ハンドルが回され扉が閉ざされてかんぬきが掛かった。

合掌して棺の中の芳正に別れを告げる。亡骸といっても私にとってそれはまだ芳正だった。この鉄の扉が再び開いて対面する時、それはもう共に生きてきた芳正ではない。

その時、扉の上の時計の短針と長針の針がぴったりと重なって正午を示した。

職員が背後にまわって着火ボタンを押す。低いうなり声のような音がしばらくつづいた後、突然「ボワッ」とはじけるような音がして点火が完了した。着火ボタンの横に焼却炉の内部を見る窓がある。職員にうながされてのぞいてみる。

もののの五分と経たないのに炉の中は炎が充満している。棺は前後左右を紅蓮の炎に取り囲まれている。炉内部の温度を調整して骨格が残存する程度に骸を焼却する。すべては職員の手に委ねられている。午後一時半にお骨を拾う部屋に来るように言われて、参列者十名は先刻葬儀の施行されたM市の太子寺に戻る。

葬儀参列者十名とは芳正の妻陽子、長女夫婦、次女それに私とその妻と長男、芳正の次兄智、従兄弟二人である。芳正は生前から家族と兄弟で何回となく協議し、葬儀はもっとも近い身内だけで簡素にしかし丁寧にやってもらいたいと強く望んでいた。

長年勤めた会社関係は事後に連絡し、大学や業界の友人関係もそれぞれのグループごとに連絡してくれるようにと陽子に申し伝えてあった。その申し伝えのとおりに事は進んでいった。

寺の別館二階の大広間に、陽子が吟味したK料亭の弁当が、きっちり十二時半に届けられた。アルコール類は一切禁止されている。

私の家族のほかはいずれも企業人である。特に従兄は染色会社に長く勤め繊維業界だった芳正とは仕事上の関連があったらしく、芳正の繊維業界での生前の業績をいくつか紹介した。それを聞きながら真面目で努力家だった芳正を改めて思い返していた。

再び火葬場に戻って、三方をコンクリートの厚い壁で囲まれた一室でしばらく待つと一方の出入り口から台車に載った鉄製の重そうな箱が運ばれて来る。のぞき込んだ私は一瞬どきりとしてつばを呑み込んだ。そこには仰向けになった芳正の骨格が足を前にして横たわっていた。関東に生まれ育った私はこのような火葬直後の遺骨の光景をかつて体験したことがなかった。

芳正の全身はがん細胞に侵されていた。しゃれこうべだけが骨の白さを保っていた。意識混濁の三日前まで精神活動は正常であった。他の部位のすべての骨は表面に茶褐色の粉がついたようで一見してぼろぼろだった。白いしゃれこうべの眼窩がうつろにくぼんでいる。

運んできた職員は無言で六尺棒を差し出す。差し出された六尺棒でしゃれこうべを突いて砕くようにうながされた。反対側にいた陽子は棒を手に取ったもののそれは残酷でとてもできることではなかった。「お義兄さんお願いします」と言いながらするすると棒を押し出してくる。

棒を手にした私は胸の内で「芳正！　まさかお前のしゃれこうべを砕くことになろうとは夢にも思わなかった」と叫びながら眉間あたりに棒を突き刺した。ゴツンという手ごたえとともにしゃれこうべは砕けた。その後は職員が引き取ってすべての骨を粉々にする。

骨壷は三個用意された。手のひらに載るほどの小さな壷が二つと、両手で抱える大きな壷が一つである。本骨と呼ばれる喉仏の骨が墓地に納骨される。もう一つの小さな壷は分骨用に整えたものである。

芳正は小学校一年から五年の夏まで父方祖父母の許で育てられた。生後二歳で父と死別して父を知らない。当時祖父母は富士山麓の山村でわずかばかりの農地を所有して生活していた。その山村の墓地に祖父母や父が眠っている。その墳墓に芳正を分骨して納めたいと私は思った。

大きな壷には残りの骨すべてを納めた。無言のうちにすべての骨が壷に納められた。お骨上げの部屋を出ると時計の針は午後二時を指していた。

太子寺では一周忌のあとで寺内の共同の散骨場所に撒くことになっている。一般に火葬場の骨壷に納め切れない骨は、細かく砕いて市街の街路樹の根元に撒かれることが多いという。次女の恵美はそれを聞いてどうしても全部の骨を家族で処分したいと考えた。いったん分骨すると決めた小さな壷も本骨と一緒に納めたいと言うので私はその意思を尊重することにした。親等が近い者の意思に反する行為はしてはならないと思ったからである。

再び寺に戻り副住職の読経の後で、大きな骨壷は寺に預け小さな骨壷だけ家に持ち帰って祭壇に安置した。そして四十九日の忌明け後に納骨すると陽子は言った。しかし恵美は「お父さんとしばらく一緒に居たい」と言って納骨を渋り、一年近く部屋に安置して朝晩の挨拶をしていた。

納骨は一周忌直前のことだった。

Ⅳ　家系について

墓守り

午前十時から太一の葬儀が始まる。家族は式場の隣室の控え室で待機していた。家族葬といってもその内容は様々である。太一の葬儀は一人息子の浩司夫婦と太一にとっては孫の四人が家族である。浩司の妻の親夫婦と浩司の従兄が加わって全員で九人だった。

浩司の従兄はKと名乗った。遠く広島県のF市から参列し、開始の十五分前に葬儀場に到着した。浩司は、Kと一度も会ったことがない。亡くなった太一の次姉の次男という。三日前に太一の机の引き出しにあった年賀状を見て、浩司は太一の死亡を出身地の広島県や、去年の秋に亡くなった母秀子の大阪の親戚に電話で連絡した。

浩司としては一親等の文字通りの家族だけの簡素な送りを考えていた。親密な交際のない遠隔地の親戚の方々の葬儀への参加は、経済的負担も大きいので、通知だけで済まそうと思っていた。しかしKだけは「若いころ叔父さんにお世話になったので、何としても参列したい」と言って来たのだった。

控え室で初対面の挨拶を交わした直後にKは、「M市にあるM家の先祖代々のお墓へ太一の骨を埋めて欲しいと思っています。それを直接伝えたかったのも本日参上した理由の一つです」と突然言い出した。

その場にいた全員は固唾を呑んで次の言葉を待った。太一が市内の寺に墓地を求め、亡妻秀子の骨壷と大学卒業間もなくインドの旅の途中で急死した長男裕の骨壷を埋葬してからまだ一ヵ月も経っていなかった。Ｋはこのことを知らないまま「次の世代で先祖のお墓を守る男子が悟君のほかにいないです」と続ける。悟は浩司の長男で大学在学中である。家族は太一の葬儀の始まる直前のＫの言葉になんとも答えようがなかった。

仏式による葬儀が終わって荼毘に付す間も精進落としの場でも、ＫのＭ家にまつわる話が続いた。その場の誰もが初めて聞く太一の青年期のエピソードの数々だった。

太一の父國男は大正時代の終わりに台湾に渡って、台中で文房具店を開業した。商才に恵まれ台湾の各地に支店、営業所を広げ総督府の御用達として、官庁の文具を一手に取り扱うまでに営業を拡大した。

太一の母みねも働き者でよく夫を助け、家業の発展に寄与することが大きかった。夫婦の間には男三人女三人の子供があった。

長男は台北の高等商業を出て家業に参加し高雄の支店をまかせられた。長女次女は内地の女学校を卒業して、神戸や広島で就職してそれぞれ結婚した。M市の旧家に嫁いだ次女の次男がKである。

病弱だった三女は夭逝した。次男は京都大学の経済学部を出て内地の金融機関に就職した。太一は末子の三男だった。

しかし國男は大東亜戦争の勃発直後に心筋梗塞で急逝してしまった。父の急死に遭って太一は旧制中学校を卒業してそのまま家業を手伝うことになった。

みねは夫の死後も長男と共に経営を順調に伸ばしていたが、敗戦によってすべてが覆ってしまった。日本人による営業は継続することができなかった。台湾人の二人の番頭に経営のすべてをまかせて、裸同然でM市の次女の嫁ぎ先に引き揚げたのだった。太一の二十三歳のことだった。

Kは当時小学校の一年生だった。「突然家に十人くらいの人間が入り込んで、部屋がいっぽいになり納屋まで改造して共同生活をすることになった」と言う。Ｋは母親から自分の実家の由緒を聞いて育った。

Ｍ家の先祖は戦国時代の武士にまで遡るという。本家の墓所が造られた年代ははっきりしないが、時代が下がってくる間に現在のような「かろうと」に造りかえられたらしい。そこに当主の家系一族の骨壷が次々に納められていた。

Ｍ市に引き揚げて一年経った。戦後の生活状況はまだ混乱から抜け出していなかったが、みねの後押しもあって太一は大阪のＫ学院大学に進学した。そして遠縁の貿易商を営むＥ家に賄いつきで下宿することになった。

Ｅ家は戦前からの貿易商で相当の資産家だった。家屋敷の構えも広く、別棟の事務所に営業と家事の使用人三人が住み込んでいた。このＥ家の長女が秀子だった。秀子は女学校卒業後、家にいながら幼いころから習っていたピアノを子供達に教えていた。

戦前の家庭には珍しかったグランドピアノがあった。秀子は太一と同年だった。太一はＥ家に居候の身で、秀子はこの家のお嬢様だった。

太一は大学卒業後関西の薬事関係の会社に就職して社員寮に入居した。もともと口数の少ない太一は、居候当時から秀子に好感を持っていたもののそれを口に出すことができなかった。すでに三十歳近くになり、生活の目処もついたので秀子にその意思を告げたところ秀子は素直に同意した。

秀子自身婚期を過ぎていることもあり、戦後の混乱期を乗り切ることに失敗して家業が傾いていることを感じていたこともあった。太一の真面目さに人並みの生活維持はできると思っていた。

秀子が世帯をもって間もなく秀子の父は死亡した。その後急速に家業は衰退して、資産切り売りの生活を続けたものの、家業回復は難しく結局秀子の弟は普通のサラリーマン生活に転向した。こうしてE家は没落したのだった。

太一は昭和三十年代の初めに、東海地方のみかんの産地だったS市のH缶詰工場に転職した。大学で化学を専攻し、薬物に詳しい太一は食品加工の検査の資格を持っていた。港を持つS市のH工場は当時缶詰の輸出で景気が潤っていた。

東海地方に知り合いもコネクションもない太一にしてみれば、この転職は生活レベル向上のための賭けでもあった。台湾で生まれ育ち、関西で生活してきた太一にとっても、生まれて以来大阪を離れたことのない秀子にとってもS市は新世界だった。秀子も実家の衰退で大阪に留まる気力もなえて、太一について行くしかないと思った。

社交性に乏しい太一は職場関係のほかにほとんど人との付き合いがなかった。秀子もまた子供のころからのお嬢さん育ちの癖が抜けず、いつまでも気位だけは高かった。現実の生活は庶民並なのに庶民感覚を身につけようとしなかった。そのため隣近所との付き合いが滑らかに行かず、しばしばトラブルが発生した。ただそれだけに一層二人の結束は固くなったかもしれない。

太一と秀子の間には男の子二人が生まれた。長男は裕、次男が浩司である。秀子は気性が優しく、素直で可愛い裕を偏愛した。裕も子供心に秀子の感情の表れを感じ取って、それに応えようと振舞うことが多かった。

お嬢様育ちの秀子の感情の起伏は激しい。子供のころからの長い年月にそれは身についてしまっている。わがままが通ってきた。次男の浩司は母親の目が兄に向いていることを感じ取って、あまり秀子に近づこうとしなかった。離れたところで気ままに動く方がいいと思った。親に期待されていないならその分縛られたくないと思った。

太一はかつての居候の身がどこかで抜けきれない。もともと口数が少なく、争いを好まない。二人の間では争いごとが起こることはなかった。太一は秀子に逆らうことも、まして押さえつけようとするそぶりも見せなかった。

夏休みにときどき秀子は二人の子供を連れて、大阪の弟夫婦のところに遊びに行った。しかし太一の郷里には一度も行ったことがなかった。

弟夫婦と同居していた秀子の母親が嫁との折り合いが悪く、秀子のところへ行きたがっていると聞いて引き取ることにした。太一はいつものとおり秀子の言うままである。母親は全財産を持って、終生秀子ら夫婦と暮らすことになった。

平屋の家屋を二階建てに増改築して、二階南側の日当たりのいい部屋を母親に当てた。浩司が中学生のころのことだった。その後二十年近く母親は生きた。秀子が最後を看取って葬儀も済ませ荼毘に付した後、大阪の弟に遺骨は引き渡された。

太一は秀子親子の中に割り込むことはなかった。すべて秀子任せで家庭内での会話はほとんど一方通行だった。父と子らとの会話は必要最小限となり、浩司たちは太一から意見らしい意見を聞いたことがなかった。

裕は東京の私立大を卒業した。高校時代から柔道で鍛えた体は、がっしりと締まって病気らしい病気はしたことがなかった。関東地方の企業に就職して三年経ったとき、突然インドに行くと宣言して貯金を資金に日本を離れてしまった。秀子は反対したが、すでに秀子の羽の下から飛び立っていた裕は、家族のしがらみから抜けて自由に生きたいと考えていた。旅立つ前に浩司に「両親を頼む」と言い残していた。浩司には裕の真意がどこにあるのか分からなかった。そのときは兄がこのまま日本に帰らないつもりだとは考えてもいなかった。

三カ月くらいの間に三通のエアメールが届いた。「元気でやっているから安心してください」とだけで具体的な生活状況の知らせはなかった。次の手紙を待っているとき、外務省から確認の連絡があり、追いかけるように死亡通知があった。

遺体の保存状態が悪くて搬送ができなかったので、現地で荼毘に付し秀子が裕の骨壷を抱いて帰宅した。秀子は骨壷を前に半狂乱だった。溢れる涙が止まらない。このまま骨壷をそばに置くと悲しみが果てることがないと思った太一は、M市のM家の本家の墓地に裕の骨を納めた。将来自分の墓地を求めて納骨するまでの一時的な納骨のつもりだった。

秀子は裕の死の原因が、柔道にあると考えて高校の柔道を教えた教師を逆恨みしたこともあった。何年経っても位牌の前に座るとにじみ出る涙を抑えきれなかった。M市の墓地は遠いので、三年に一度くらいの墓参りで二十数年の月日が過ぎて行った。

太一は定年後もしばらくは資格を生かした仕事をしていたが、七十五歳を過ぎてからはゴルフを昔の会社仲間と楽しむ程度だった。ただ若いころから毎晩の酒は欠かさなかった。酒量も多い。日本酒を三合から五合は飲む。ご飯は食べない。秀子はもっぱら酒の肴つくりが仕事だった。こうして二人とも八十歳を過ぎた。

秀子は腎臓が弱く治療の末、三、四年前から人工透析を受けていた。治療には太一が車で連れて行った。毎週三日のことでそれが仕事のようになっていた。太一の方は血圧が高めのほか内臓は健康そのものだった。

浩司には子供が四人いる。長男悟、長女みどり、次女さくら、三女あおいで長男と長女は大学生、次女は高校生、三女は中学生でそれぞれに自立している。

太一夫婦の唯一の楽しみは近くに住んでいる孫達家族との交流だった。週末には市内のレストランで、費用は太一の負担で食事会をする。秀子が動ける時にはタイのプーケットに行ったりしていた。

太一夫婦には家族以外の付き合いはほとんどなかった。秀子の妙な気位の高さが災いして隣近所との交際はほとんどない。

しかし、これだけ頻繁に交流しながらも寡黙な太一は、浩司に一度もＭ家のルーツを話したことはなかった。浩司は父方に従兄弟がいることさえも知らなかった。お墓参りしてもとんぼ帰りで、親戚縁者に会うことはほとんどなかった。太一夫婦にとっては孫達との接触が唯一の楽しみで、他に楽しみはなかったのかもしれない。

去年の秋、秀子は軽い脳梗塞を患った。日常生活にそれほどの支障はなかったものの時々足元がふらついた。このふらつきが原因で階段からずり落ちて頭を打った。そして救急車で搬送中に息を引き取った。ここ数年秀子の看護にかかりきりだった太一は、通夜に弔問した浩司の嫁の親夫婦に「これからは楽しんで日々を送るつもりです」と一言述べた。

年賀状のやり取りのほかほとんど会ったこともなく、会っても口数が少なく会話を交わしたこともなかった嫁の親夫婦は、この思いも寄らない太一の言葉にとっさに返す言葉がなかった。

どこも健康上悪そうに見えない太一を見て、八十八歳となった今、後がそう長くないならば与えられた時間を楽しんでもらいたいと思った。

太一は葬儀の後始末が終わると、早速秀子の納骨を考えた。長く本家の墓に納めてある裕の骨も気になっていた。たまたま車で通りかかった道でM家の宗派の寺が墓地分譲中の看板を見た。

他方、浩司としては祭祀にあまり費用をかけたくないと思っていた。そこで市の分譲墓地を購入したかったが、競争率が高くて抽選に外れてしまった。

太一は墓地の購入は自分の仕事だと考えて、四分の一坪の小さな墓地を求めて御影石の小さな墓を造った。

その日は折悪しく雨だった。浩司を連れてM市の本家の墓の「かろうと」を開け、二人は泥まみれになりながら裕の骨壷を取り出した。暗く湿った「かろうと」の中には、多くの骨壷が納められていた。三十年近い歳月を経てようやく手近に納めることができる。こんなに長くここに置き放しになろうとは思ってもいなかった。

桜が散りはじめたころ、秀子と裕の骨は新しい墓地に納められた。太一の差し当たりの仕事は終わった。家の中の整理はとても一人ではやりきれない。浩司の手を借りなければならない。一人暮らしには少しずつ慣れてきた。さくらとあおいの孫達が毎日顔を出して様子を見てくれる。嫁も夕食のおかずを作ってくれる。浩司は単身赴任中なので毎週末に顔を出す。二人で酒を飲みながら夕食をするが、無口な二人に会話は続かない。黙って三十分ぐらいは過ぎる。二人とも黙っていることが苦にならない。早くに兄を失って大人になってからずっと一人っ子状態だった浩司は、無口の太一と言葉交わすこともないまま過ぎてきた。

納骨式の十日ほど前、太一は家族全員を引き連れて台湾に旅行した。二十三歳までを過ごした地である。台中も変わったかもしれないが、六十年余り前の痕跡は残っているかも知れない。しかし太一は自分の少年から青年時代のことは一言も子や孫達に語らなかった。

浩司が聞いていたのは、台中で文房具店を営んでいたということだけだった。あまりにも太一は言葉が少な過ぎた。子や孫達にＭ家に連綿と流れてきた武士の誇りの一端でも伝えておいてもよかったのではないかと浩司は思った。太一の寡黙は秀子の饒舌の陰に消し去られてしまったのだろうか。

太一は妻の秀子と長男の裕の納骨を済ませて一ヵ月も経たない日の晩、心筋梗塞で倒れてそのまま旅立った。左手に受話器をにぎりしめたままだった。やり残したことはないという潔い旅立ちだった。

浩司やその子供達は、太一の棺の蓋が閉じられたとき、子供のころから生まれた家の由緒を教え込まれた従兄のＫから、Ｍ家の家系にまつわる数々の話を聞いた。

昨今、「墓は要らない。骨は海か林の中へ撒いてくれればいい」と主張する声が高い。核家族化して都会で生活した者が、狭い土地の中で墓地を求めるのは益々困難になっていくだろう。だから都会の寺は土地を立体化してわずかなスペースを墓所として利用する。墓地ともいえないような所に入るならば骨を砕いてまき散らし、存在そのものを消してしまう方がいいというのかもしれない。

確かに囲われた大きな墓地は要らない。見上げるような墓石も要らない。しかし人は誰もみんな遥か遠い時代からの血脈を持っている。生きていく間に先祖を辿り、ルーツを知ろうとすることは決して無駄なことではない。

そのためには子孫に墓碑を残すことかと思う。残し方は人様々にある。墓誌の一字が、後から生まれてきた者に何かを物語ることがあるかもしれない。墓に参るということは自分を知る手がかりの一つだと思う。

浩司はこのように考えて、太一がM家の歴史を何も語らずに逝ってしまったことを少し寂しく思っている。いや太一が秀子に遠慮しているならば、自分の方から父にもっと話しかけて聞き質しておくべきだったと悔いている。

天国の都叔母へ

今年は冬の訪れが早いようです。

夏の暑さをいつまでも引きずって十月の半ばまでクーラーが要るほどでしたが、巷に秋らしいさわやかな風が吹き抜けて、空気が乾いてきたなと思っている間もなく、オホーツクから寒気団が南下して日本列島の北半分を覆い、更にその先端は西日本に延びて２０００メートルを超える山々はあっという間に雪を被ってしまいました。

例年なら十一月に入って半ば過ぎまで、秋の移動性高気圧がゆっくり流れて、小春日和の日々が何日か続き、ゆく秋の移ろいをそれぞれの思いの内に染みこませてくれるのですが、このところ第二、第三の寒気団が次々に張り出して、木枯らしがようやく色づいた街路樹の葉を振り落とし、ここかしこに、かさこそと小さな渦を巻いていきます。貴方の眠る小高い山の背後の楓や銀杏の葉もさわさわと舞い落ちていることでしょう。

あの夏の日、貴方の家を母と訪ねた折、過ぎ越した多くの日々を語りました。私は幼すぎて覚えてはいなかったのですが、カトリック系の高等女学校を卒業して間もない頃の貴方に負ぶわれての帰る道すがら、貴方の和服の背中を濡らしてしまったこともあったということでした。恐らく、貴方はそのころのままの笑顔で話してくれたことと思います。

昭和二十年八月十五日、日本は戦争に負けました。貴方が夫輝夫叔父と長男を病気で失って次男満昭だけの家族三人で満州から引き揚げてきたのが二十二年の秋でしたか？私もその時既に貴方の兄でもある父を失って五年以上過ぎていました。戦後の復興といってもまだまだ背の低いバラック建ての住宅が殆どで、目先の食糧を確保することで多くの国民は精一杯の時代でした。

輝夫叔父は電力会社に職を得、貴方も保母の資格を生かして幼児教育の仕事に就きました。間もなく隣の清水市に新設されたカトリック系の保育園に関わることになり、全力投球の日々が続きました。余りよそ見ができない貴方の生き方でした。

昭和二十八年の冬、輝夫叔父が遠くの勤務地となり社宅には入れなくて三ヵ月くらい私の家で一緒に生活したことがありました。私は工業高校を出て東芝電気の富士工場で働いていました。毎日朝六時過ぎには出勤する私のことを「兄さんの若いころにそっくり」等と言っていたことを覚えています。

貴方と同じ血が私の中にも流れているなと感じたのではと思います。血脈というものは、それを意識することによって人と人を近づけ親愛の情を深めるのが一般なのですが、時には憎悪の根源になってしまうこともあります。

血脈によって様々な人間模様が画かれます。相続問題で骨肉の争いを生ずることもあります。人と人との間に財産が絡むとそうなりがちなのかも知れません。

父のいない私達兄弟を貴方はずっと温かく見守っていてくれたと思っています。長年の保育教育事業の社会的貢献が評価されて黄綬褒章を授与されたことは名誉なことでした。

私が設けたささやかな祝賀会の夜が思い浮かびます。それから間もなく輝夫叔父が肺癌で亡くなってしまいました。発病からその死まで一年もなかったかと思います。

貴方がこの夏の終わりに余りにも早く旅立ってしまった後で、貴方の一人息子の満昭が、あの親父の癌との戦いの苦痛の中で、真剣に看護に取り組んだ貴方の姿勢について本当によくやったと思うと、しみじみ述懐していました。

独特のテレから、今まで自分の母親をお喋りでやかましいとしか言ったことがないシャイな彼のこの言葉は、悲しみを内に秘めた貴方に対する息子の最大の賛辞だと思いました。

あの夏の日に言葉を交わした時から十日も経たないで、貴方の脳が壊れてしまうなどと思いもしませんでした。

仕事を引退してから、骨折などでよく病院に通ったり、入院したりしたことがあり、介護度も二度ということで体のことに随分気をつけていたように見えました。

いつも明るく朗らかで笑顔を絶やしたことがない貴方でした。九十三歳になる私の母との別れしなの言葉は「もう少し頑張ってみるね」でした。まだ人生の幕を引くつもりはなかったことと思います。

自分の身体について私たちは分からないままに生きています。私の四十代の殆どは単身赴任でした。北国の厳冬期にひどい風邪を引いて一週間寝たことがありました。その時の不便さ辛さは身にしみて懲りました。原因は油断と不摂生でした。以来、ここ二十年余り私の身体に対する自己管理は相当に厳しいものと自負しています。薬はほとんど飲んだことがありません。近くの医院へ風邪を引いて一回行きました。生老病死いずれも私達には必然の現象です。それは人皆誰にでも等しくやってきます。

私には生きるということも死ぬということも同じことのように思えてなりません。無常ということは人が常に死を背負い込んで生きているということではないでしょうか。貴方と幽明を異にする別れを体験してその思いが一層強くなって行きます。

我が家の裏庭の楓や姫沙羅がすっかり紅葉しました。蹲に真っ赤なもみじの落葉が浮かんでいます。今年も間もなく番いの目白が、羽づくろいのために、その小さな水場を訪れるでしょう。

Ⅴ　家裁事件余話

駿河屋一代記

近隣住民から清水（きよみず）さんと呼ばれる真言宗の名刹音羽山清水寺の近くに昭和の初めに開店した雑貨店駿河屋があった。

かれこれ五十年の老舗である。佐助は静岡市在の安倍川上流の農家の出で、小学校を卒業した十二歳の時から市内の伝馬町商店街の雑貨店の丁稚になった。

山間地で農地の少ない農家の次男は早くから世に出て生きる手段を固めていかなければならなかった。

当時は商店の丁稚になったそのときに、将来の生きる方向が決まってしまうのが大方であった。職業をあれこれ選択する余裕を世間が許してくれなかった。だから奉公しているうちに一人前の商人として生きる手段を身につけなければならない。

佐助は呑み込みが早かった。三年の丁稚奉公が明けると給金がもらえて住み込みながら何とか自活できるようになった。

八年働いて手代になり番頭見習いを二年やったとき、自分で店を持つ夢を実現しようと考えて店の主人に相談した。佐助の十年の働きぶりをしっかりと見つめてきた主人は、佐助に暖簾分けをさせることにして、程遠くない清水さん界隈に、貸家札が出ていた小さな店舗つき住宅を借りて開店させたのだった。それは佐助が二十三歳のときだった。

その二年後奉公先の主人の世話で、たつと見合いして所帯を持った。たつの実家も駒形通りの精肉店だった。たつは商人の家に生まれたので小さいときから日銭の生活が習慣になっていた。たつは佐助によく協力して駿河屋は繁盛した。

佐助とたつは長男正義、長女絹代、次女菊枝、次男忠の四人の子供に恵まれた。

市街地の北にある竜爪山千メートルの高みから見ると、町の東に浮島のような谷津山と呼ばれる清水さんの山が見える。標高の一番高いところでも百メートルあまりしかないこんもりとした山である。その山頂に昭和三十年代まで稼動していたＮＨＫの放送アンテナが二基建っていた。

昭和十年ころ、清水の山の西はずれに市立公園が整備されて、公園前の道路が広がり近辺地域の区画整理が実施された。そのとき駿河屋の隣に空き地ができたのを機会に佐助夫婦は借りていた店を土地付で買い取って店と住宅を新築した。

佐助の実家近くの山林から切り出した木材を使ってがっしりした太い柱や梁を組み込んだ建坪七十坪の瓦葺の店舗つき住宅が出来上がった。屋根裏の梁がむき出した広い部屋は、商品置き場にするつもりで造った。

銀行からの融資は五年ばかりで完済した。しかし戦争中はあらゆる物資が窮乏し、統制経済で商品の流通が制限されたので生活を維持するのがいっぱいであった。

昭和二十年六月、静岡市はＢ29による空爆を受けて市街地のほとんどが焼け野原となってしまった。しかし清水山の周辺から東北部にかけては奇跡的に焼失を免れたのだった。山が焼夷弾による火災の延焼を防いでくれたのであろう。

敗戦直後、一面の焼け跡のトタン葺のバラックの中で、この辺りの焼失を免れた瓦屋根の建物は妙に目立ったものだった。駿河屋から西、百メートル足らずでその向こうは街の中心部に向かってずっと焼け野原が続いていたのである。

長男の正義は敗戦の翌年に商業学校を卒業したが、食糧難に加えて物資不足から流通経済はまったく機能しない時代だった。七間町にはぎっしりと闇市の露店が並んで、食糧を中心に生活必需品の様々を売っていた。まさに混沌の時代であった。

正義は駿河屋が戦前からつながっていた卸問屋から、雑貨の篩や枡、籠などの竹細工を仕入れて近在の農家を自転車で回って販売し、代金代わりに米を手に入れたりしていた。

店が焼け残っていたのが幸いして、物が出回り始めるとすぐから駿河屋の商いは回復した。間もなく朝鮮戦争が勃発して需要が増大して国内の景気が上向きになった。

その後駿河屋の商いは順調に伸び、佐助夫婦を正義が手伝ってますますの繁盛振りであった。その間に絹代も菊枝も近くの私立精華女学校を卒業し、絹代はデパートの店員に菊枝は信用金庫に就職した。

次男の忠は近くの工業高校の電気科を卒業して、折からの水力発電勃興期の電力会社に入って大井川上流の発電所で働くようになった。

昭和三十年、正義は出入りの問屋の事務所で経理事務をしていた佳代と結婚した。仕事上何回となく顔を合わせているうちにお互いに好意を感じていたのだった。佳代は公務員の家庭に育った長女で、正義より三歳年下だった。

たつは正義には自分と同じように商家の娘がいいと考えていたので、この結婚に心の隅のどこかで全面的に賛成できなかった。

佐助は佳代が素直でおとなしく、お嬢さん学校といわれるミッション系の双葉学園を卒業しているところから、不足どころかいい嫁が来てくれたなと思っていた。

商売は日ごろの生活の中で教え込んでいけばよいと考えていた。佳代にそれを吸収する能力は十分備わっている。

正義も佳代も人を押しのけていくタイプではない。どちらかと言えば控えめで口数も多くない。正義は大きな商売を夢見ることは苦手であった。むしろ堅実に駿河屋を守っていくことを身上とした生き方だった。だから商売で大きな失敗はなかった代わりに、佐助とたつが切り盛りしてきた以上の成長は期待できなかった。

佳代は正義を頼りに家業に専念し、長男正男と長女富美子を生んだ。たつから家事一切を引き継いだが、たつは駿河屋の財産については決して正義夫婦に任せようとはしなかった。

正義が結婚して十年を過ぎた。佐助も還暦を過ぎ、家業の働きは正義夫婦が中心とならざるを得なかった。

佳代は嫁として駿河屋に入った当初から、たつが自分を商家の嫁としては心もとなく見ているのを感じていた。それだけにいっそう骨身を惜しまず佐助夫婦の指示どおりに従ってきた。

反発を感じたことも何回かあったが全て自分の中に押さえ込んでしまった。だから家の外からも内からも嫁として欠けるところは見えなかった。欠けるところがあるとしたらそれは佳代の心の内にあったかもしれない。

絹代と菊枝は昭和三十五年ころ相次いで結婚して家を出た。相手の夫はいずれも金融関係に勤めるサラリーマンだった。

昭和四十年代の高度経済成長期には家庭の日用雑貨のほかに清涼飲料水や冷菓販売まで手を広げた。公園を利用する家族連れやその裏の谷津山をジョギングしたりする老若男女で家族の日常の生活費を維持できるほどの売り上げがあった。

駿河屋の資産は確実に増えていった。店舗の改造や家族構成の変化に応じて、台所や居間を居住の便宜のために二回ほどリフォームした。

そのころ正義は従来からの個人商店を法人化しようかと考えていた。店舗や家屋敷は一切佐助個人名義のままになっている。預貯金も主として佐助とたつの名義で正義名義では二百万円ほどの当座預金があるだけで、それは商売の流動資産に当てられている。佳代の個人資産はほとんどない。

そんな矢先突然正義は脳出血で倒れ、救急車で搬送中に息を引き取ってしまった。享年四十八歳、あっけないこの世の去り方だった。たつは悲しみのあまり半狂乱の状態がしばらくつづいた。佳代は悲しみを通り越して言葉も出ない日が続いたが、気丈に体だけは動かしていた。中学二年の正男と小学六年の富美子を抱えて悲しみにくれている暇はなかった。

家の中が火の消えたようになるのを佐助が懸命に救っていた。丁稚奉公からたたき上げて駿河屋の身代を作り上げた佐助は七十歳に手が届く年であったが、自身に言い聞かして二十年ぶりの現役復帰の意気込みであった。

正義はおとなしくて派手な動きはなかったが、やはり一家の大黒柱を失った駿河屋はしばらく活力が出てこなかった。

三年の年月が流れて、家族はそれぞれに諦めがついてきた。店の規模は縮小して以前の雑貨屋に戻した。商品の仕入れ資金のほかに借金はない。家族が健康であれば生活していくには十分の収入がある。正男や富美子の将来の学資も心配はない。

回復された平穏な日々が続くと誰もが思っていた。しかし佐助は正義を失って内心に打撃を受けていたのであろう。春先から風邪をこじらせて微熱がなかなか抜けなかった。時々は深夜に高熱が出る。

五月に入ってから思い切って日赤病院で内科の診察を受けた。肺炎の疑いがありなるべく早く入院治療したほうがいいとの診断であった。病勢は見かけより早かった。若いころからゆっくり休むこともしないで働き通して来た上に、正義の死後、七十歳を超えた年齢で無理を重ねすぎてしまった。高熱がつづき体は日に日に衰弱した。

七月まだ梅雨が明けない雨の朝、佐助は病院のベッドで七十二歳の生涯を終えて旅立った。

たつも七十歳に近く佳代も四十歳半ばであった。従来のままの営業を維持するのは女手だけではおぼつかなかった。

嫁いで以来二十年近かったが佳代は姑のたつには心からの信頼を得ていないままに来てしまった。甘えることもできず、正義が常に間に入り、正義がなくなってからも佐助を介することが多かった。佳代自身それとなくたつとじかに話し合うことを避けてきてしまったのだった。

佐助がなくなって型どおりの葬儀が終わり、忌明けの法事の席で早速佐助の遺産相続の問題が持ち上がった。正男は大学まで進学するつもりだったので県立の進学校に入学して二年生、富美子は私立女子中学の三年生で二人ともまだ世間の風に当たったことがない。同じ年頃でも精神発達は、佐助の丁稚奉公時代とは雲泥の違いである。二人ともとても一人で生きていく力はない。

佳代は二人の子供が人並みに成長し希望の進路に行けることを何よりも望んでいた。それは母として当然の願いであった。

佐助が築いた駿河屋の基礎を正義と二人で懸命に拡張し、ここまでの商店にしたという思いは強い。

佳代としては、ここしばらくは中断するかもしれないが、正男が大学を卒業した後に、駿河屋を再興してくれることを夢見たいのだった。そのために資産を少しでも多く確保したいと願っていた。

しかしたつと絹代から、正男と富美子に正義の分が引き継がれるのは当然だとしても、佳代は相続人ではないからもらい分はないと言われてしまった。

相続財産を築くのに貢献した佳代のような立場の者にも、その貢献に応じた持分を与えるのが相当であるとした寄与分制度が立法化されたのは、その三年後のことであった。

現在は配偶者の相続分が二分の一に改正されているが、当時の民法は配偶者が三分の一、残りを子供が均分に相続する規定であった。

しかしこれはあくまでも法定相続分である。遺産分割の内容は相続財産と相続人にまつわる一切の事情を考慮して決めることになっている。(民法九〇六条)

相続人の間で協議がまとまらないときは、家庭裁判所の審判によって分割内容が決定されることになる。

絹代と菊枝は二人とも佐助が百万円ずつの持参金を持たせ、身分相応の婚礼支度をして嫁がせた。

佳代自身先年父親がなくなったときには、家を継ぐ兄の剛に相続させるつもりで自分の相続権は放棄していた。だから当然絹代らは相続放棄に応じてくれるものと思っていた。

しかし話は簡単には進まなかった。たつも娘たちに少しずつは分けたほうがいいと言う。娘にやる以上当然次男の忠にも分与することになる。

忠は末っ子で姉たちに頭が上がらなかった。自分の主張はあまり出さないで、内心では兄嫁の佳代や甥姪の今後を案じて自分のもらい分は佳代にやってもいいと思っていた。ただ姉たちの手前それをその場では口に出せなかった。長く電力会社に勤めF支店の保安課長となり生活に困るようなことはなかった。

配偶者のたつは三分の一の相続分があるので、将来のたつの相続のときに絹代たちは再び相続することになる。

佳代としては家屋敷の不動産だけで正男の相続が十分だと言われるのはどうしても納得がいかなかった。相続分の計算上はそれでも正男にやり過ぎになると分かっていても、嫁いで二十年のこれが結果だと言われては、あまりにも自分が惨めであった。

長く舅姑と同居し、家業を手伝い家事をしながら子供を育て、ほとんど病気らしい病気もしないで自分なりに懸命に生きてきたつもりだった。

その夜、佳代は過ぎ去った日々を思いなかなか寝付かれなかった。

翌朝になって子供たちの学校があるので奮い立って朝食の支度をした。子供たちがいなくなるとたつと二人きりである。

店はまだ閉じたままである。通りに面した店のシャッターが下ろしてあるので店内は薄暗い。店の商品は以前の通りに並んでいる。屋根裏の倉庫に上がってみた。たな卸し前の仕入れ商品がきちんと分類されている。

積み重ねられたダンボールに視線を向けて何を考えるのでもなく見上げると、そこにがっしりと柱に組み込まれた黒光りする梁がむき出しになっていた。戦火にも遭わず四十年の駿河屋の歴史をその梁は刻み込んでいた。

見つめているうちに佳代の心は静かに落ち着いてきた。家族協議の晩の疎外感や悔しさや悲しみのすべてが自分の中からすっと抜け出ていくような気がした。

いつものように子供たちとたつを交えて夕食をすませた。会話は行き交わず言葉少ない夕餉の席であった。食事が終わると子供たちはそれぞれの部屋に引き込んだ。

三年の間に男二人が抜けて家の中は空き部屋が増えてしまった。後片付けを済ませ、テレビを見ていたたつに声をかけて佳代は正義と過ごしてきた部屋に戻り、床を延べて布団に横になった。そしてうとうとしているうちに眠りに誘われていた。

何時ころだったろうか？　一眠りした後、二階のかすかな物音で目が覚めた。家の中はみな寝静まってコトリともしない。

起き上がって昼間見た屋根裏へ上がっていった。そしてその隅にあったトラック荷台用の太いロープを手繰り寄せ、踏み台に乗って梁にロープを二重に架けた。それは悲しみの果ての死でもあり、抵抗の極みの死でもあった。

佳代四十八年の生命の果てである。

父正義と死別して以来、正男と富美子の単独の親権者だった佳代もこの世にいなくなってしまった。

二人は法定代理人を欠いてしまったので、当面の遺産分割の協議書の作成ができない。

そこで忠は二人の法定代理人となる後見人を選任してもらうため、家庭裁判所に後見人選任（民法八四〇条）の申し立てをした。

後見人は継続的に、事件本人である未成年者が成人になるまでその所有する財産の管理と身上を監護する義務がある。（民法八五七条）

ただ一回の代理人ではないから誰でもいいというわけにはいかない。

忠はまだ何も知らない正男と富美子のためには、自分が後見人になるのが最もいいと考えて自分を候補者として申し立てた。

家庭裁判所は審理の結果忠が相当であるとして申し立てのとおりに後見人を選任した。

ただ佐助の遺産分割協議では忠も相続人なので正男らと利益が相反してしまう。そこで忠は潔く相続を放棄してしまった。

忠はもともと佳代と同じように駿河屋の再興を強く望んでいたのである。相続人の資格がなくなれば正男らと利益相反関係はない。

そして富美子と正男との利益相反を解決するためには事情を知っている佳代の兄剛に

特別代理人になってもらった。（民法八六〇条、八二六条）

そのような手続きを経た後で、実際にどのように佐助の遺産が分割されたのか詳細は分からない。

しばらくは空き家で人が住んでいるようには見えなかった駿河屋は、二、三年後に建物が解体され更地の上に当時としては珍しいコンビニエンスストアーの店舗が建てられて開店した。

まだ隣近所は従来のままだったので、今では当たり前のように通りのあちこちに見かけるコンビニ店なのだが、その真新しい斬新な店舗は、少し時代を早取りしすぎたのか、あるいは佳代の残り香がそうさせたのか、お客の姿はあまり多くなく繁盛しているように見えなかった。

正男と富美子が時々店のレジに顔を出していた。

そして更に十数年の歳月が流れた。駿河屋に取って代わったコンビニエンスストアーは面影もなく改装されて洋品店に姿を変えていた。佐助が一代で築いた駿河屋の暖簾はこうして幕を下ろしたのであった。今はそれを知る人もほとんどいない。

悲しみは果てもなく

その年は寒に入ってから氷点下になったことがなく暖冬だといわれていた。しかしやはり季節は冬だった。立春を過ぎてからシベリヤ寒気団が居座って冷たい日が続いた。三月は目の前だというのにこのところ毎朝のように氷が張った。

康子は今三十七歳、女の盛りである。長男の翼が中学に進学した三年前から、少しでも生活費を得ようとして朝刊だけの新聞配達を始めた。

早朝五時から六時くらいまでの一時間で配達し終わる部数は百二十部が限度である。折り込み広告を挿し込む手間もあって、毎朝四時半には新聞店に行って準備に取り掛かる。新聞社ごとに担当は分けられている。

仕分けをしてその日の分を前後の荷台に積み込み、無事に配達が終わることを願いながら店を出る。そして小回りの効くバイクで住宅地の路地裏の交差点を次々に回りこんで走り抜ける。雨の日も風の日もある。

昨夜めったに降らない雪が舞った。春先の水雪で朝の寒気に路面が薄く凍結していた。

いつものように配達を終わって六時を少し回っていた。

店に戻って配達用のバイクを定位置に保管して、常用している自分の軽自動車に乗り換えて帰宅する。郊外の自宅まではほんの数分で着く。

まだそれほどの交通量はない。これからの朝の家事を考えて何となく気ぜわしい思いがした。長女の真美も小学校四年で兄妹仲もよく、子供たちは協力していろいろ手伝ってくれるので心配はないのだが、昨夜のうちに片付ける予定の洗濯をしておかなかったのがどこかに引っかかっていた。

この十年、康子は目の前の一日一日を暮らすことに夢中で過ごしてきた。

緩い左カーブの下り坂の向こうに国道を横切る交差点の信号がある。信号機を越えると自宅は近い。ハンドルを左へ切りながら信号が青から黄色に変わったのを見て軽くブレーキを踏んだ。

瞬間ふわっと浮いたような感覚が全身に走った。車が路面を滑り出したのだ。このままでは対向車線に入ってしまう。とっさにブレーキを踏み込んでハンドルを左に大きく切った。車は後部からくるりと右回りに回転し、猛烈な勢いで歩道の縁石に沿って設置されたガードレールに向かって滑っていった。

康子は富士山麓のN市郊外の生まれ、年子の弟との二人姉弟だった。地元の県立高校を卒業して、M電舎N工場に就職して総務課の事務員となった。色白の目元の涼しい顔立ちで、すらりとした体形は母親譲りだった。事務局の職員は五十名くらいで女子が半分近かった。入社して半年もすると、康子は若さも加わって工場内でだれかれの目をひくようになっていた。

その三年前、隆は県立の工業高校の電気科を卒業してM電舎に採用され、電動機設計課に配属された。隆は新型モーターの設計の技術者の卵として二年間の養成を経て将来を嘱望されていた。

桜の若葉の緑の色が日増しに濃くなっていくある日の昼休みだった。何気なく設計室の窓越しに外を眺めていた隆は、構内の花壇を三、四人で連れ立って歩いている康子をぼんやりと目で追っていた。

やや長めのフレヤースカートの裾を振りながらときどき微笑を浮かべてゆったりとし

た足取りで通り過ぎていった。それは工場の作業服を着た自分とは随分違った華やいだ雰囲気で、とても年下とは思えない大人の女性を感じさせるものがあった。

隆は山を歩くことが好きだった。高校時代は山岳部に所属して南アルプス南部の山々をゲレンデとして、沢登りや縦走で歩き回った。

会社に入って二年目にハイキング倶楽部を立ち上げて二ヵ月に一度のペースで近辺の山をグループで歩いていた。その年社内新聞で新入社員の倶楽部への加入を募集していた。康子がハイキング倶楽部の新人募集の記事を見て隆の前に現れたのは、五月半ばのその年の倶楽部の活動内容を決める総会の日のことだった。二人は初対面だったが、隆は花壇を散歩していたあの日の康子の振る舞いが目に浮かんで初対面とは思えなかった。

同行するメンバーは必ずしも同じではないが、パーティーは七、八人で隔月に富士山周辺の山を歩いた。康子はほとんどのハイキングに参加した。隆はリーダーの一人だった。

隆はその都度のハイキングの企画や装備のチェックなど、メンバーの一人一人の面倒をこまめにみた。お陰でアクシデントもなく無事に楽しい一日を過ごすことができる。そんな隆の存在が、康子には頼もしく見えた。

二年後、康子は隆と結婚した。隆二十四歳、康子が二十一歳だった。工場の近くのアパートに所帯を持った。

翌年の春、長男の翼が生まれて康子は退職した。

隆は五歳で父に死別し、母一人子一人で育った。寡婦となった母富子は、父が勤めていた会社が事務員として雇ってくれたので、会社の寮に入れてもらった。だから恵まれた子供時代を過ごしたと思ったことはなかった。

苦労し続けだった富子は隆が就職した後、急に体調を崩してしまった。隆が世帯を持ったときから半年ほど一人暮らしをしたものの、却って手がかかってしまうこともあって隆らと同居することにした。

康子の父の寿志は国鉄職員だった。経済的には特に困ることはなかったが、そうかといってそれほどの余裕があるわけでもなかった。ただ隆から見ると康子の振る舞いには自分にはないゆとりが感じられた。

康子を護って幸せにしてやりたいと思う気持ちの裏側に、ときどき自分が卑屈になってしまうことがあった。母の同居で康子に負担をかけたくない。持病の心臓が弱って通院が多くなってしまった母は、自分で身の回りは出来るとはいってもそれなりに手はかかる。

隆は高校時代からの山登りを止められないどころか、このところ会社の同好会以外に単独で山に入ることが以前より増えた。気分の転換のほかに自分では気が付かない内面のバランスを求めているのかも知れない。

静寂の山を求めて、人が入らないルートを二万五千分の一の地図から探し出して登るのが、このところの隆の山登りのスタイルになっていた。

康子は会社時代にハイキングの会で隆と一緒に何回も山を歩いているので、隆の山登りには寛大だった。隆の力量も分かっていたので、このことについて口出しはほとんどしたことがない。

隆の山がこのところ一般道を離れていることにまで気が回らなかった。山はゴルフより経費がかからない。健康的でもある。時々連れて行ってもらえば気晴らしにもなると思っていた。

翼が二歳を過ぎて手がかからなくなったので、康子はスーパーマーケットの経理事務のパート仕事に就いた。翼を保育園に預けて家を出る。姑の富子と一日中顔を合わせているのではのびのびしない。家計の補充と自分の心身のバランスの一石二鳥のつもりだった。

何事もなく日々は過ぎていくように見えた。

新緑があたりに明るく立ち込めた四月の末、康子は早めに仕事を終えて保育園で翼を受け取って帰宅した。

「ただいま」と言う康子の声にいつもは「はーい」と答えながら入り口ドアまで出てくる声がない。不審に思いながら奥の部屋に足を踏み入れた康子の目に飛び込んだのは、普段着のまま六畳の和室にくの字に体を曲げて倒れている富子の姿だった。

「おかあさん！」叫ぶと同時に富子の体を揺り動かしたり、頬を叩いたりしたが反応がない。

富子五十二歳の早過ぎた旅立ちだった。死亡診断書には心筋梗塞と記載されていた。

富子の死は、隆にも康子にもお互いに口に出せない重いものを残した。二人ともその死亡の原因の一端を背負った思いが後を引いていたのである。

それでも何年かの日々が流れて二人の胸の重荷も薄皮を剥ぐように少しずつ軽くなっていった。翼も来年は小学校に入学する。

そのころ康子は二番目の子供を妊娠していた。家計にもゆとりが出てきたのでお産を控えて仕事をやめて家に入った。そこには翼とのゆったりとした時間があった。ささやかだけれどこの普通の生活がつづいていることが、康子には何物にも代えられない大事なものであると思えた。

激しかった夏の暑さが過ぎた彼岸過ぎに長女の真美が生まれた。康子二十七歳、母子共に健康そのものだった。

隆は三十歳、二児の父として家族の柱としていっそう気を引き締めて生きて行こうとひそかに胸のうちに誓っていた。

真美はすくすくと育って一歳の誕生日を迎えた。翼も六歳になり来年の春は小学校に入学する。

隆は十年余りの設計課勤務で、すでに課の中堅技術者として指導的な地位を任されていた。家計も安定し先の見通しもついてきたので、康子と相談して蓄えた預金を頭金として自分たちの家を持つことにした。郊外といっても中心街から車で十分もかからないところに売り出し中の手ごろな建売住宅があった。不足分の千五百万円は住宅ローンで支払うことにした。土地と建物を康子と共有登記したので借入金返済の債務者は二人の連帯である。こうして家族四人の新しい生活設計が一歩を踏み出した。

バブル崩壊で低迷していた景気は徐々に回復し、このところ残業が増えてきた。仕事が忙しくなればなるほど、隆は山に行きたくなった。管理された杉や檜の植林帯を抜けて、踏み跡がほとんどない沢や自然林に踏み込んで行く。その時内面からじわじわと湧き上がってくる静かな高揚感は、日ごろの疲れでしぼんでしまった心身に新鮮な息吹を注ぎ込んでくれるのだった。

その冬、クリスマス寒波と呼ばれた最初の寒波が去った翌日、仲間二人としばらくぶりに近くの愛鷹山を縦走することにした。須津川沿いに登って割石峠から鋸岳、位牌岳を越えて愛鷹山を下る一般ルートだが、鋸岳の何枚かの櫛の歯のような岩場は地層が古く最近崩壊が激しかった。下山口に仲間の車を駐車して、隆のオフロード車で須津川林道を行き小屋跡に駐車して歩き始めた。

割石峠直前の七、八十メートルくらいは文字通り岩盤を鉈で割ったような幅五十センチくらいの岩壁の隙間を三点確保で這い上がって行く。隙間を通して向こう側に狭い空が見える。稜線に出たところが峠で一坪くらいのスペースがある。北に向かえば越前岳でその頂からは富士山が視野いっぱいに広がっている。

隆らは南へ鋸岳を越えるルートを辿る。目の前に最初の岩の歯が覆いかぶさるように立ちはだかっている。もろい岩盤が何万年の間に崩壊して芯だけが櫛の歯のように残って鋸状の形を作っている。

岩盤の崩壊が激しいので東側に歯の根元を巻くルートが切ってある。西側は一気に百メートル以上落ちて巻き道をつけようがない。固定ロープが岩に打ち込んであるが、岩がもろいのでロープに頼るのは危ない。足場を確かめながら隆が先に行く。絶え間ない崩壊が続いてさらさらと岩のかけらが流れ落ちていく。位牌岳が目の前にぐんぐん迫って来る。

隆が最後の歯を回りこんだ。岩角に左足の山靴の先端を引っ掛けて、岩をへつりながら右足を移動するために浮かそうとした。その時左足を固定していた岩が少しずれた感触があった。途端に岩は壁からすぽっと抜けた。

「だー」という音と共に隆の体は七十度以上もある急斜面のざれ場を滑り落ちていく。一度岩に当たってバウンドして、八十メートルくらい下の大岩で止められた。止められたのではなく肉弾のようにその岩に衝突した。隆は動かない。身体に大きな損傷はなかったが、内臓を強く打って即死だった。

その日から康子の生活は一変した。一歳の真美と六歳の翼を保育園に預け、父の知り合いの食品加工会社の事務員として働くことにした。

七年余りの隆との生活は康子にとって平凡だけれども穏やかな日々だった。二人で築いた家は隆の形見でもあった。康子はこの家で二人の子供を育てようと決心していた。

弟も結婚して別に所帯を持っていたので、余裕が出てきた実家の両親も困ったときには応援してくれるという。

母子家庭に支給される児童福祉手当を加えると毎月二十万円あまりの収入になる。お金の面では、ボーナス月のローン返済だけ実家に応援してもらうことにして康子はできる限り自分の力でやりくりしようと考えた。

母の陽子は父より七歳年上だった。もう六十五歳を超えた。父の寿志も間もなく定年になる。父の定年までは母が、定年後は父が真美の保育園の帰りのお迎えをやってくれると言う。こうして康子は子供二人を抱えて日々の生活を何とか凌いで行った。

翼は小学校に入ってから自分たち兄妹を守っている康子の懸命な姿を感じるようになった。そして母と子だけの家族の中で自分がしなければならない役割に気付いていった。真美の面倒を見ながら室内の片付けや洗濯物の取り込みなどは康子に言われる前にやっていた。

翼には康子と自分たち兄妹の三人が家族だという以外に、父親が居ない家族と居る家族の違いがどんなものか分かっていなかった。それは翼にとって幸いなことだったかも知れない。祖父の寿志は孫たちを可愛がった。定年退職したといっても六十歳を過ぎたばかりで体も丈夫な方なので、学校の休みの日には康子らと一緒に過ごすことが多かった。

真美が小学校に入学した年、寿志は陽子と離婚してしまった。康子は子供たちとの生活でいっぱいで、康子と弟の豊がそれぞれ世帯を持って家を出てからの両親の生活に気を回す余裕がなかった。両親の間に何があったのか分からない。康子には二人の離婚は唐突な出来事だったが、寿志と陽子にとっては突然の離婚ということでもなかった。

寿志は家を出て間もなく再婚した。相手は五十歳を少し出た女性で、寿志の職場の関連会社の経理事務を担当していた。女性とは数年前からの知り合いで、ひそかに交際がつづいていたらしいが康子に詳しい事情は分からない。母の陽子も語りたがらない。それ以上を康子は聞かないことにした。

寿志は陽子に対して、家屋敷の不動産と預貯金の一切を財産分与として与えたうえ、さらに年金のうち毎月七万円を陽子に送金している。自分は健康で十分働けるのに何もしないではいられないと言って、タクシー会社に運転手として再就職した。そして以前と変わりなく康子の家に顔を出して翼たちの相手をしている。康子には両親の間には何事もなかったかのように見えた。

他方、母の陽子は七十歳を越えたころ子宮がんが発見された。直腸への転移の疑いもあった。自分の療養で翼たちの世話が難しくなり少しずつ接触が薄くなって行った。むしろ康子の方から様子を見に行くことが多くなった。

陽子はかなり前からときどき体調が崩れることを自覚していた。寿志は二人の子供が素直に育ってそれぞれ成人して独立するまで、一家の柱として堅実に働いてくれたと思っている。不足めいたことを言ったことがない。年上だったこともあって、ある時期から寿志に男性としての不満があったかも知れないことは感じていた。

だから寿志からでた別れ話にあえて反対しようと思わなかった。そんな予感をここ十年持ちつづけていたような気がする。今でも寿志に対して嫌悪感はない。自分の病気が病気なので長生きするともまたしたいとも思っていない。前回の検査結果次第では市立病院に入院して治療を受けることになりそうだ。

翼が中学に進学し、真美も小学校三年になった。康子は家事に余裕が出てきたので、朝だけ新聞配達の仕事に就いて住宅ローンの返済を自力でするようになった。翼の高校進学の準備も考えていた。

隆が亡くなってから早くも八年の月日が過ぎていた。夢中に働いてきた日々だった。この間風邪一つ引いたことがない。子供たちは学校の成績もよく健康にも恵まれている。家族三人にまた安定した生活が戻ってきた。康子の結婚以来三度目の家族の安定期だった。

「お母さん、そんなに頑張らなくてもいいよ。僕や真美がそんなに欲しい物があるわけではないし、余分なものは要らないから」、翼は康子が朝早くから新聞配達をして働くのを見て母親の負担を減らしてやりたいと思っていた。

康子自身も翼の心配は分かっていた。隆が事故死してから康子は緊張の余り、精神の高まりのまま突っ走って来たように思っていた。ブレーキが利かない自動車のようになっていた。このままではどこかで健康を害してしまうのではないかという不安を感じていた。翼の高校進学までを区切りにしようと考えていた。

この冬を乗り切ればよい。そう思うと早起きもそれほどつらいものとは思わなかった。翼に希望の高校に進学してもらいたい。それが今の康子の最大の希望だった。

隆がいなくなった後、日々の生活に追われて翼に何もしてやれなかったけれど、翼は康子から見てもいい子に育ってくれた。そろそろ自分の方から休んで家族の中にゆっくりした時間が流れるようにしたい。そして翼が思い切り勉強や部活に打ち込めるようにしてやりたい。

運転操作が効かなくなった車の中で、康子は必死にハンドルを握って猛烈な勢いで滑っていく車を立て直そうとした。目の前にガードレールがぐんぐん迫ってくる。一瞬翼や真美の将来がどうなってしまうだろうと思い浮かんだ。隆の遭難もこんなふうにあっという間に起こってしまったのだろう。すべてが終わってしまう。子供たちに言わなかったことがいっぱいある。頭の中が空白になった。

あたりを轟かす衝撃音とともに車はガードレールとコンクリートの電柱の間に挟みこまれるように突進した。フロントガラスは粉々に散り、運転席ドアが車体内部にめり込んで大破した。康子は内臓破裂で即死に近かった。

翼十五歳、真美十歳、残された二人の子供たちの今後の生活を考えなければならない。

しばらくの間、夜は康子の弟豊夫婦が寝泊りすることにした。

祖母の陽子はがん治療のために入院する。未成年者二人では市役所への福祉補助の申請や自分たちの財産管理のための法律行為が出来ない。

陽子は別れた夫寿志の妹、中野浩・咲江夫婦に孫たちの後見人になってもらうことを依頼した。中野夫婦とは孫たちの小さいころから付き合いがあり、夫婦仲がよく経済的にも安定して、未成年者らの将来を託すのにうってつけの夫婦だと考えた。陽子自身は高齢の上病弱で自分の命さえおぼつかない身で、とてもこの子達の将来を見届けるだけの力はない。

翼兄妹を小さいときから知っている中野夫妻は、陽子の頼みに快く応じてくれた。特に兄の寿志の離婚前後の事情をよく知っている妻の咲江は、姪の康子の子供たちに親しみを持っていた。そして常日ごろ度重なる不幸に襲われた二人の行く末を案じていた。

夫の浩はN市に生まれ、現在五十四歳。工業高校卒業後M市にある機械製造会社に就職して機械設計の仕事一筋に三十五年を経験している。年収八百万円余りで経済的な問題はない。

咲江は福島県の生まれだが、高校卒業後兄の寿志を頼ってN市に移り住み、浩の働く会社に就職した。昭和四十八年に二人は結婚してM市に近いK町に所帯を持って現在に至っている。

長男は五年前に結婚して別に世帯を持ち孫二人がいる。長女美津子は未婚で同居している。長女が学校に入り手がかからなくなったころから、咲江は町の職員として地域の小学校の学童保育施設で働いている。一般の主婦以上に子供に対する関心は深い。

高校入試直前の母康子との突然の別れであったが、翼は志望の県立高校に合格し四月から入学する。真美も母の急死でしばらく情緒不安定だったがようやく落ちついてきた。

二人とも叔母夫婦を信頼して頼りきっている。

二人は資産として、不動産は現住居地の土地六十坪及びその上に建っている建物四十坪のほか、預貯金三百万円くらいをそれぞれ持分二分の一ずつ所有している。さらに康子が掛けていた生命保険金千六百万円の請求手続きをしなければならない。住宅ローンの残債務千万円弱は支払いを免除された。銀行が債務者の死亡に対して損害保険会社との保険契約を結んでいた。

浩と咲子は、それぞれ翼と真美の後見人として十分な適格性があると家裁で判定されて未成年者の後見人に選任された。そして浩が翼の、咲子が真美の後見人としてそれぞれ戸籍の身分事項欄に記載された。後見人の仕事は未成年者の身上監護と財産管理である。

これが康子の三十有余年の生死の顚末である。人は誰も自分の死に際を知ることは出来ない。

残された未成年者二人には信頼のおける後見人が選任された。翼は妹を思い、度重なる試練に耐えて生きていかなければならない。人は人生において遅かれ早かれ試練に遭遇するだろう。ただ翼と真美にとっては試練との出遭いが余りにも早過ぎた。

赤いもみじ

我が家の裏庭も晩秋から初冬の装いに移りつつある。つくばいの小さな石鉢に竹筒から滴り落ちる水が、耳を澄ますと等間隔に微かな音を立てている。水面に紅葉したもみじの葉が何枚か浮いている。その赤い葉とは別につくばいのそばにもう一本春先の芽吹きから葉を落とすまでずっと赤い葉をつけているもみじがある。二メートルを越す背丈である。実生のわずか十五センチほどの苗を更地の庭に植えたのは、長女が小学校入学の前だった。四十年以上の年月が過ぎている。茶畑の一角を母の退職金をつぎ込んで買い求めた宅地で、しっかり根付き少しずつ成長して赤い葉を増やしていった。そのもみじはときどき遠い日の思い出を蘇らせてくれる。

隆の家は伊豆半島の根元のI市の在にあった。駅からバスでみかん畑の山道を登った台地上の茶畑の中の一軒家で、隣家から二百メートル以上離れてひっそりとあった。まるで自分からあまり人と交わりたくない姿勢を示しているかのようにさえ感じられる佇まいだった。

廃材を使ったいかにも素人造りの六畳三間に台所付きの小さな家に両親、隆と妹の四人で暮らしていた。父親の省三は無口でいかにも人付き合いが苦手そうだった。

家の前の空き地には十数個の木箱に何種類かの実生の苗木が育てられていた。訪れたときは若葉の季節だった。それぞれの苗木はみずみずしい小さな葉をつけて午前の明るい日差しを浴びて生き生きと輝いていた。

木箱は二列に並んで、その中に苗木が十センチ間隔で整然と並んでいる。省三は近くの茶農家の手伝いをしながら苗木を育てて町の種苗店に買い取ってもらっていた。苗木は天城山麓の落葉樹林を歩き回って集めたとのことだった。

隆は小学生のころから省三と一緒に働いていた。学校を休むことも多く、近所に友達もいないので小さいころから人と交わることがほとんどなかった。学校に行っても一人でいることが多い。いじめられることがあっても話す相手もいなかった。中学に入っても変わりなかった。無口で口下手は父親ゆずりだった。

省三が手伝っている農家から貰ってきた中古のバイクが庭先に放置してあった。暇つぶしにそれを分解して、整備工場からもらった部品をあれこれ使って何とか動くように直した。バイクは一人遊びにはうってつけだった。

農道を走ったりしているうちに、やがて行動範囲が広がって町まで出てしまう。一見して無免許運転であることが明らかで警察の補導にひっかかってしまった。隆は交通違反が重なり、さらにバイクの部品を修理工場から盗んでの非行が重なって、何回となく家庭裁判所に呼ばれるようになった。

中学を卒業してからも隆の生活に節目は出来なかった。保護司さんの補導を受けていたにもかかわらず、バイク窃盗を犯して鑑別所に収容された。すでに十七歳になっていた。非行歴から見ると隆はそのまま少年院に収容されてもしかたがない状況だった。

隆の母の貞子は、福島県の農家の出だった。実家の農閑期にＩ市のみかん農家に出稼ぎに来て省三と知り合って世帯を持った。省三の黙々と働く姿は、貧しさに耐えて育った貞子には頼もしく見えた。

実際貞子は忍耐強く、働き者で家事、育児の手が空けば少しの時間でも省三を手伝い、近所に仕事を求めて朝から晩まで体を動かしていた。幸い家族は健康で過ごし、貧しい中にも穏やかな日々を送っていた。

隆の問題だけが家庭内で喉に刺さった骨だった。隆は親に逆らったことはない。自分のことで迷惑をかけていることは充分承知していた。省三との仕事は忠実にこなしていた。しかし唯一のバイクに乗る楽しみは容易に抑えることが出来なかった。ほとんど車が走らない農道をエンジンの音をかきたてて走るだけで、自分では説明がつかない解放感があった。

何回かの事件送致で、ついに身柄を拘束されるところまで来てしまったのだった。保護司の補導の効果はあがっていなかった。村のお寺の住職が担当保護司だった。子供のころから学校や近所から疎外され続けて来た隆の心の襞に、年齢差のある住職が言葉によって入り込むのは容易なことではないだろう。

このまま隆が無明の世界をさ迷っていれば、刑事の処分は重くなるばかりである。そして気が付いたときには、もうやり直しがきかない袋小路に入り込んでしまうだろう。

学校教育を満足に受けていない隆は、鑑別結果で知能指数は普通以下に算出された。段階的な処遇で考えれば施設収容が相当と言えるだろう。

しかしこの段階で家庭から離して一年間の矯正教育を受けさせることが、果たして先のある隆の人生に実りをもたらしてくれるだろうか？　生きる過程では、踏みとどまることの意味を自覚させることが、先の展望を一気に広げるきっかけとなることがあると思う。隆は釈放されて家に帰った。ただし条件付でしばらくの期間は生活状態を家庭裁判所の下で直接観察されることになった。少年法に規定された試験観察という。

こうして私は隆の家を訪ねたのだった。秋、二度目の訪問のとき、赤いもみじの小さな苗が苗木箱の外にこぼれていた。「育ちが悪いからそのうち捨てるつもりでほったらかしてある。貰ってくれるなら持っていってください」貞子がそう言うので十センチあまりのその苗木を、持っていた新聞紙に包んで貰って来た。家の殺風景な庭の片隅に植えておけば、いつかは枝を広げて見る目を楽しませてくれるだろうと思っていた。

ただ捨てる物だからとはいっても仕事の関係者から物を貰うのは晴れ晴れしなかった。そこで隆が次に家裁に出てきたときに、カッパブックスの『にあんちゃん』を与えることにした。小学校四年生の少女の作文だった。在日韓国人で両親を喪った兄妹が力を合わせて逆境を生き抜いていく記録である。にあんちゃんとは二番目の兄のことである。

当時のベストセラーで映画化もされた。隆が実際にこれを読んだかどうか分からないが、年が明けて二月の面接の際、「読みました」と言っていた。母の貞子も読んでいた。貞子は自分の子供時代を思い出しながら引き込まれるように読んだと言う。

春から冬を越して再び春が巡ってくるまで隆は再犯することなく過ごした。毎月一回は会っていた。どんな会話を交わしたか記憶はない。貞子にすれば無事に期間を終えてほっとしたと思う。最後の面接の際、隆は十八歳になったので免許を取るために自動車学校に通っていると言った。試験観察は経過良好で終結した。

不処分の決定を受け裁判官からこれからのあり方を諭された後、春の日差しの中を隆と貞子は連れ立って帰っていった。I市からバスや電車を乗り継いで一日掛かりで裁判所の門を何回くぐったことだろう。気が重かったと思う。二人の後姿には安堵感が漂っていた。そして隆は再びその門をくぐることはなかった。

三十年前、地域の区画整理を経た際に、この赤いもみじだけは残して新しい庭に植え替えた。二十坪足らずの小さな庭である。つくばいや庭石を配置し、植栽して季節を感じることができる庭を造ってもらった。

秋が深くなると、赤いもみじは真っ先に葉を落としてしまう。今年も枝先にしがみつくように五、六枚が残っているだけになった。傍らの二本のもみじは真っ赤に紅葉している。濡れたつくばいの縁に貼りついた葉が、初冬の日差しを浴びて一層鮮やかに見える。

毎年この季節になって山茶花の花が開き次いで椿が咲き始めると、毎朝のように四十雀、ほほじろ、めじろ、時には大きなひよどりや百舌などの鳥がつがいでやって来て、交互に羽づくろいして水を跳ね飛ばしていく。

すっかり葉を落とした赤いもみじは、そのかたわらで鳥たちの戯れを黙って眺めている。

Ⅵ　回想の日々

上河内岳山頂で（後ろは聖岳、赤石岳、悪沢岳）

残雪の赤石岳

至福の時間という体験はきわめて個人的な体験である。それはその人の価値観や生き方と深く関わっていると思う。ある人にとっての至福の時は、他の人にとっては退屈至極の時であることが多い。世に蓼食う虫も好き好きと言う。

もう十年以上も前の五月初めのことである。

夕暮れころになって、急に空模様があやしくなった。予報どおりである。寒冷前線が日本海から南下して中部山岳の高山帯は雪になるかもしれないという予報だった。宵のうちトタン葺き屋根をたたく雨音が聞こえていたと思ったが、そのうち音が消えてしまった。消えたというより眠りに入って聞こえなくなったのかもしれない。朝からの疲れがあったのか持参のウイスキー二、三杯も加わって眠りにつくのは早かった。

朝方になって間歇的にバサッという軒から雪の落ちる音が聞こえた。風がガラス窓を激しく揺さぶった。ここは南アルプス南部の赤石小屋である。小屋にはパートナーの庄司ドクターと私だけである。

年中行事の夏山でこの小屋にはじめて入ったのは、かれこれ二十五年も前である。近くの水場から谷を隔てて目の前いっぱいに、堂々たる赤石岳の塊が辺りを睥睨していた。そのときも雨の中を、椹島から随分時間をかけて登ってきたように思う。

当時は南アルプス南部の山小屋は全て素泊まりであった。今日久しぶりに入った赤石小屋は、旧小屋の上段に石垣が積まれて整地され、そこに立派な夏小屋が建っている。プロパンガスのボンベがセットされているところから夏は食事つきで営業するのだろう。南アも様変わりしてしまった。

ふと三十代半ばに毎年のようにキスリングを担いで、聖岳から光岳を歩き回ったころの姿が頭の隅をよぎって、どうということもなしに一抹の寂しさを感じてしまった。身のうちに衰えを感じる淋しさだったかもしれない。

今回計画した残雪期の小赤石尾根はなかなか手ごわいルートである。

庄司ドクターとはその夏のヨーロッパアルプス遠征を目指して、冬から何回か山行を重ねていた。彼は医大の山岳部で剱岳中心に若い時代に鍛錬していた。私より一歳年下で、私にとってはベストの山のパートナーである。

ようやく転勤の長旅から郷里に帰った一昨年の春から、民事調停委員としての庄司ドクターと一緒に仕事をすることになり、山行を共にすることができるのはまったくの幸運であった。

私の日本百名山完登を果たしてから、一緒にモンブランに登る約束であった。そのためのトレーニングが続いていた。

手始めが残雪期の赤石岳である。ＮＨＫエンタープライズ作成の日本百名山の赤石岳のビデオテープを見ながら、二万五千分の一の地図と照合して冬の赤石のルートを探索し、小赤石尾根をたどりらくだの背を抜けて稜線に出るルートを確認した。そして今日何年ぶりかで赤石小屋に入ったのであった。

翌朝まだ雪が降りつづいていた。小屋の辺り一面が新雪で被われている。標高二千五百

メートルのこの辺りは針葉樹林帯で、時々枝に積もった雪がどさっと音を立てて落ちる。
今日の停滞は仕方がない。予備日はこれで使ってしまった。このまま降雪がつづけば山頂はあきらめなければならない。
午後になって天気回復の兆しが現れた。やがて雲が切れ、青空が見え始めると回復は早い。まもなく山の遅い春の日差しが戻り、雪に照り返してまばゆいばかりである。三時過ぎ完全に回復して稜線が見え始めたので、富士見平まで登って小赤石尾根を偵察することにした。
小屋から標高差二百メートルほどの登りだ。昨日からの雪が根雪の上に十五センチほど積もって心地よいクッションとなる。富士見平は這い松帯でほとんど平らな地形である。西に向かって真正面に長く尾根が延びあがっている。

双眼鏡でらくだの背辺りの岩場を探る。岩壁が重なって一見つながっているように見えるが、どうもキレット状らしい。明日の最大の難所である。

北方は真下の本谷を隔てて荒川三山がまだ厚く雪を被って不動である。振り向けば富士山頂に巻きついた雲が、風に吹き飛ばされて見る見る剥がれていく。

明日のアタックを控えてかすかな興奮を覚え、茜色に染まる空を仰ぎながら小屋に戻った。天気が回復したので登ってくる人がいるかもしれないと思ったが、今夜も二人だけであった。

翌朝の起床は三時、手早く腹ごしらえして四時には出発する。五月の夜明けは早い。ヘッドランプもいらないほどだ。よくしまった雪にアイゼンが心地よく食い込む。昨日の踏み跡をたどって富士見平に出る。

夏道はこの先からいったん緩やかに下って赤石沢上部のカール状の草地帯に出るのだが、残雪期は雪崩発生の危険が大きい。

尾根をひたすら登る。しばらくは潅木がさえぎって歩行が伸びない。やがて這い松帯に出る。ところどころに枝が突き出ているほか三十センチ以上の雪が覆っている。快晴である。黙々と真正面にはだかる雪のついていない岩壁を目指して少しずつ高度を上げて行く。双眼鏡で見えた岩山の重なりは、やはりキレットで左右に二百メートル以上ずれ落ちたリッジであった。雪が深く被っているので五十センチくらいの幅はある。五、六十メートルの距離を一歩一歩ピッケルで確かめながら落ち込んでいる北側を避けて緩やかな南側を慎重にわたる。

頭上に伸びる高い岩壁にたどり着いた。

まだ冬毛の雷鳥が一羽北側斜面に舞い降りていく。かなりの滞空時間で、夏山で這い松帯や草つけを親子でヨチヨチ歩く姿からは想像つかないほど敏捷であった。

こうして富士見平で偵察したとき難所に見えたキレットは通過した。しかしここから、らくだの背の最大の難所が続いていた。六十度前後の急角度の岩場が目の上に重なってその先は真っ青な空に突き抜けている。

風雪に曝された固定ザイルが残っていたが、危なっかしくてとてもたよりにする気にはならない。三点確保で一足一足山靴のつま先を岩角に引っ掛け、体重を確保しながら腕を伸ばし左右の指先で交互に頭上の岩をつかんで高度を稼ぐ。

安全が確保された広い岩棚から振り返って眼下を覗き込むとすごい高度感である。この岩場は斜度が厳しいので雪がついていない。岩の裂け目に詰まった雪があるだけである。

小赤石から赤石岳本峰へ連なる稜線の東側に大きく雪庇が張り出している。厳冬期の猛烈な西風で稜線上の大量の雪が押し出されたのである。

小赤石山頂へ這い上がるにはこの押し出された雪の塊を乗り越えなければならなかった。風に吹き飛ばされた山頂の岩はむき出しである。両手でつかんで懸垂して体を押し上げる。そこは広い稜線上の一角であった。緊張してのどがカラカラになる。山の水に粉末を溶かしたポカリスエットがぐいぐいのどの奥に入りこんでいく。

南アの主稜線は太い。しばらく緩やかに下ってから本峰山頂までゆっくりと登り返す。東側の雪庇とは逆に、稜線の西側は這い松の上に雪が乗っているだけで砕かれた石の間に雪が凍って詰まっている。

山頂には新しい頑丈な木製標識が立っていた。そばに見慣れた古い標識が根元だけ残っている。標高三千百二十メートルである。快晴でほとんど風もない。

少し下がった二重山稜のくぼ地にある青いトタン屋根の避難小屋は以前のままであった。初めての赤石岳の夏山のとき、その年は気温が低く小屋の前に豊富に雪が残っていて、寒さに耐えながらラーメンを作ったことがあった。

再び山頂の近くに戻り、雪を踏み固めてガスバーナーをセットし食事の支度にかかる。まず水分の補給である。雪をかいて湯を沸かす。バーナーが心地よいリズムで青い炎を上げている。

ゆっくりと風が雪面をなでて砂糖のような雪粒を右に左に転がしていく。この広い山稜に今われわれだけである。そして時間が静かに流れていく。まさに至福の時である。

ぐるりと見回す山々は、まだ肩辺りまで雪が残っている。東の富士山は胸まで雪にうずもれている。朝からの荒川三山は相変わらず指呼の間、悪沢岳の西端の落ちるような下降線が目立つ。

南の聖岳、上河内岳いずれも三十年近い昔、私を山にいざなってくれた懐旧の山々である。それは遥かに遠く過ぎた日々とともに、常に私の内なる山々である。

やがて湯が沸いて噴き出した。行動食はパンなので紅茶をたっぷり作る。白銀の世界に五月の日差しが注いでまぶしい。ここには明るさだけで一片の暗さもない。ふと下界の現実との落差の大きさを感じたが、この豊かな自然の前にそれは瞬時に消え去ってしまった。

そろそろ十一時になる。緩みかかった雪に残った跡をたどって下り始める。

あのキレットを越すまでは緊張の糸を決して緩めてはならない。朝登った急峻な岩場はダブルでザイルを使う難所があるかと思ったが、確保した岩をゆっくり確実に下って使わないままキレットに降り立つことができた。キレットも往きの踏み跡を確実にたどって這い松帯にたどり着く。ここまで順調に下って午後三時であった。予定通りである。

この分では六時には小屋に帰れるかと思った。ここからは特段危険な箇所はない。しかし思わぬところに落とし穴があった。

すっかり雪が腐ってグズグズになり、ひっきりなしに這い松の隙間に踏み抜いてしまうのである。いったん踏み抜くと這い松に足をとられて引き上げるのが容易ではない。こうなるとアイゼンは無用である。かえって雪が詰まり団子になって歩きにくい。アイゼンをはずしても踏み抜くことに変わりはない。

午後五時を回って気温が低くなり再び雪がしまってきた。しかし体力の消耗が激しい。雪を口に入れて水分を補給しながらほとんど休みなしである。富士見平で六時を回ってしまった。稜線に太陽が沈んで樹林帯に入るとすっかり明るさが失われた。それでも五月は日脚が長い。

下りなのに二人ともふらふら状態で足が前に出ていかない。夏小屋の赤いトタン屋根が樹林の間から下に見える。朦朧としながらようやく小屋にたどり着いたのは夜の帳がまさに下りるころであった。

予定した夕食はアルファー米の五目飯だったが、まったく食欲がない。それでも庄司ドクターはラーメンをすすっている。私は熱湯でくず湯を作ってのどに流しこむのがやっとだった。

もう体内にほとんどエネルギーは残っていない。二人ともそのまま崩れるように寝袋にもぐりこんだ。

大井川を遡る

夏の日暮れは長い。池の沢の水を汲んで高橋と食事の支度をする。ドクター庄司はさっきから土間に切られた炉辺で、小屋の周りから集めた枯れ枝に火をつけようと苦心している。

今日午後三時を回ったころ猛烈な雷雨に襲われた。そのため枯れ枝は湿気を帯びて容易に着火しない。あまりに突然の大粒の雨で下半身の雨具をつけるのが少し遅れたドクターは、ニッカーズボンが濡れてなんとも不快なのだ。

粘り強く煙と戦った結果、ついに枯れ枝から炎が燃え上がった。ここ数日好天が続いていたので木の芯は乾いていた。いったん燃えついた枯れ枝はそのあとどんどん火力を増していった。

ここは大井川上流の登山基地二軒小屋から更に十数キロ遡った池の沢の無人小屋である。

今日の夜明けを待たずに大門沢小屋を出発し、間ノ岳、農鳥岳とつづく白根東稜に登りつめ、そこから南下して広河内岳（二八九五メートル）の山頂に向かう。この分岐を境に人影は全く絶える。広河内山頂で北岳、間ノ岳、三峰岳から安倍荒倉、北荒川、塩見岳へつづく馬鹿尾根の長さを改めて確かめ、更に南に横たわる荒川三山を一望すると、長い時を経た数々の山行の思いがふつふつと呼び起こされる。

山頂からは急なザレ場を転がるように下って、池の沢源頭の草地からしみ出る清冽な水場を目指す。水場で憩いながら下を見通すと、両側の尾根が次第に狭まり沢は樹林帯の中に埋まっている。大井川本流と池の沢の出会い近くに小屋はある。ところどころに踏み跡の名残がある。二万五千分の一間ノ岳の地図では破線が右岸沿いに記されている。

しかし毎年の土石流に押し流されて径は跡形もない。倒木や巨岩に前を塞がれながら沢身を出たり入ったりしてひたすら右岸を下る。

突然明るく広がった水面が現れた。流れの止まった周囲四百メートルほどの池である。水底の石がくっきりと輪郭を見せている。対岸のあふれんばかりの若緑が色濃く水面に影を落としている。微かに沢に流れ落ちる水音がする。

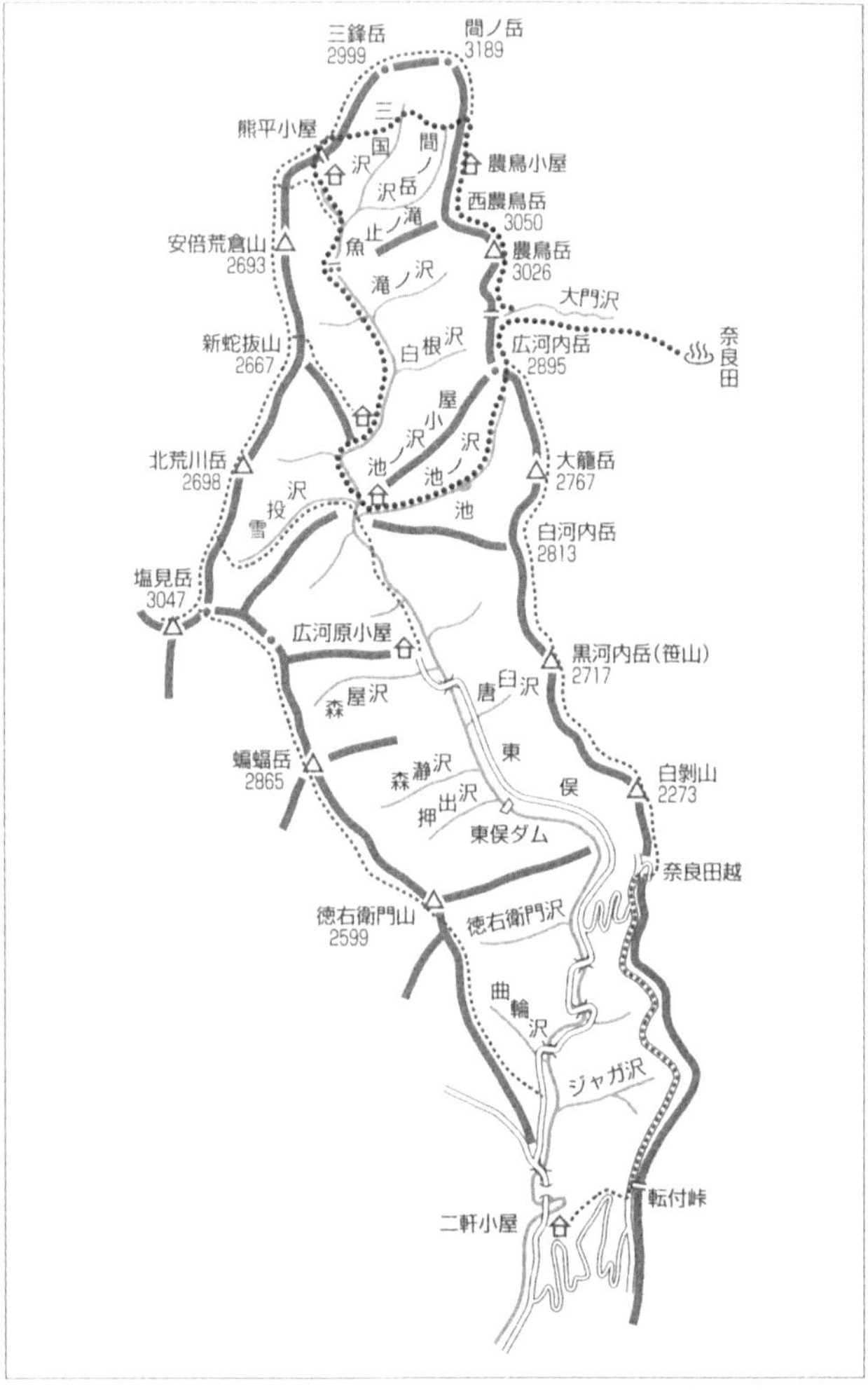
三峰岳
2999
間ノ岳
3189
熊平小屋
三国沢
間ノ岳
農鳥小屋
西農鳥岳
3050
魚止ノ滝
安倍荒倉山
2693
農鳥岳
3026
滝ノ沢
大門沢
新蛇抜山
2667
白根沢
広河内岳
2895
奈良田
屋小沢
池ノ沢
池ノ沢
北荒川岳
2698
大籠岳
2767
雪投沢
池
白河内岳
2813
塩見岳
3047
広河原小屋
黒河内岳(笹山)
2717
森屋沢
唐臼沢
東俣
蝙蝠岳
2865
森瀞沢
押出沢
白剥山
2273
東俣ダム
奈良田越
徳右衛門山
2599
徳右衛門沢
曲輪沢
ジャガ沢
転付峠
二軒小屋

標高二三四〇メートルにひっそりとたたずむ池の沢池である。

この夏この静寂で清純な世界に憩ったのはわれわれだけではないかと思うほど辺りに人の踏み入った跡がない。思わずここで幕営したい誘惑に襲われたが、今回の山行の主目標は明日一日かけて大井川を遡行して主稜線に登り詰めることにある。

再び樹林の中に分け入り、沢を外れないように右岸沿いに下る。遠くで雷鳴がしてぽつりと顔に水滴が触れた。先ほどまでの明るい夏の日差しは瞬く間に厚い黒雲にさえぎられ、気温が下がって来る。直ちに雨具を着ける。

われわれの緩慢な動作をあざ笑うかのように突然稲妻が走った。と同時に、耳をつんざく雷鳴とともに大粒の雨がバケツをひっくり返したように落ちてきた。猛烈な雷雨が一時間ほどつづいた後、雷鳴が遠のくとともに再び空は明るさを取り戻した。

やがて沢の川幅が広がり流れが緩やかになって来た。巨大な流木や巨岩が累々と岸辺を埋めて歩行を妨げる。大井川東俣本流との出合い付近は広々とした河原状で一面に川柳の潅木が覆っている。

小屋は地図に記されたとおり、本流左岸の一段高いところにひっそりとあった。小屋の中は薄暗く、無人小屋独特の湿気を帯びてかびくさい。三十年位前までは南ア南部のほとんどの小屋がこのような無人小屋だったが、近年はすっかり様変わりして滅多にこの懐かしい匂いをかぐことがない。床にはほこりがたまり、何カ月も人が泊まった気配はない。すでに午後六時半を回っていた。

翌朝は好天で明けた。庄司ドクターの焚き火のお陰で、標高二千メートルの荒れ小屋でも暖かい一夜であった。

左岸沿いの土手に軽自動車でも走れそうな道がついている。しかし一キロも行かないうちに山に突き当たってしまった。その先の左岸は岩壁を流れが洗っている。

地図では橋が掛かり対岸に渡っているがその痕跡もない。地図作成の測量は昭和四十六年、修正測量が五十七年七月になされている。しかしその直後の台風による大雨で氾濫し橋も道も見る影もなく破壊されてしまった。

以後ほぼ二十年まったく人の手が入っていない。元の自然に帰っていたのである。橋掛け工事の踏み跡が微かに残っていたので山越えのショートカットを試みたが、樹林が深い上いたるところの倒木であえなく挫折し撤退を余儀なくされた。

かなり戻って川幅が広く浅瀬が多いところを探して渡渉した。ひざ程度の深さだが念のためザイルを結ぶ。一時間以上のロスタイムだった。すでに太陽が高々と登って日差しがいっぱいに差し込んでいる。

右岸沿いの広々とした河原を行く。小さな沢が何本も流れ込んでいる。再び右岸の岩壁に阻まれて左岸に渡渉する。流れは緩くひざ下までで危険はない。

地図に記された最後の橋と思われるつり橋の残骸のワイヤーがさび付いて砂地に刺さっている。ここで再び右岸に渡渉する。水量は少なく足首の上辺りなのでびしゃびしゃと浅瀬を突っ切って行く。

左岸に白根沢がかなりの水量で流れ込んでいる。この沢は昨日登った大門沢と稜線を挟んでちょうど反対側にある。川幅が一段と狭まり、ところどころ岩壁をへつる。両側の尾根が急角度で落ちているので谷底は陰気で暗い。

忍耐強く遡行をつづけるとやがて右手前方に滝ノ沢が水音を響かせて落ち込んでいる。そのまま右岸を大きく左に旋回すると川幅が開けて明るくなった。昼近くになったので大休止する。しかし小屋からではまだ標高で二百メートルも稼いでいない。だがあせっても仕方がない。

最大の難所、魚止ノ滝を越えるまではじっと我慢である。滝ノ沢からは親水公園風の快適な沢登りである。遠くに聞こえ始めた水の音が次第に近づいて前方に魚止ノ滝の全貌が現れた。

西農鳥岳の西に張り出した尾根先端の岩壁と安倍荒倉岳の東側尾根の先端の岩壁が切っ先を交えた、その隙間から落差は十メートルほどだが、幅が七、八メートルあり一気に本流の水を落とし込んでいる。滝としては大きいとはいえないが滝つぼまでは巨岩が重なって登ることができない。下から見上げると、落下する流れが目の前に壁のように立ちはだかり、轟音で恫喝して人を寄せ付けない様相である。

地図上のルートは二百メートルほど下の右岸の山に取り付いて潅木帯を高巻きすることになっているが、その痕跡すら見当たらない。それらしい涸れ沢をかなり登って潅木の茂みに入り斜面をトラバース気味に行くが、急斜面の深い藪でトップを行くドクターがルート工作に苦労している。

もう一度本流の右岸に戻り巨岩を飛び石で行き、注意深く前方を見回すと微かな赤ペンキのルート指示が目に入った。高橋を呼びこのルートから岩をよじ登って高みでヤッホーを繰り返すドクターと合流し、一気に藪を登りつめて滝の上に出る。

そこは淡い緑の葉を全身に広げた川柳や樺の潅木林が河原を埋め尽くし、木漏れ日がこぼれてさらさらと涼しげな水が流れている別天地だった。

しばらく行くと遠くから熊よけの鈴が聞こえてきた。錯覚かなと思ったが、間もなく出会ったのは一人の釣り人だった。向こうもわれわれを見て一瞬驚いたようだった。昨日の朝の農鳥岳への分岐から初めて人に会った。簡易テントが近くにセットされ洗濯物が干してあった。彼もまたこの深山幽谷の世界に浸りきっていた。

三国沢との分岐を乗越沢沿いに詰める。三国沢を詰めると間ノ岳直下の大井川の源頭だが、今回の日程ではこのルートは無理だった。乗越沢は三峰岳から南下する南アの西主稜線の井川越直下の大井川源頭である。

稜線まで標高差四百メートル弱、池の沢小屋から十時間あまりかけて遡行した標高差とほぼ同じである。いよいよ今日最後の行程に入る。所々の微かな踏み跡をたどって高度をかせぐ。

　登るにつれて沢は次第に細く水量はほとんどなくなる。やがて左手の樹林の中のテント場から人声が聞こえ、次いで小屋の発電機の音も聞こえる。草付きはお花畑が斜面に大きく広がっている。

　あたりにガスが立ち込め始めた。登りつめて稜線上の一般道に出る。熊の平小屋は目と鼻の先である。

　昨日の広河内岳からこの小屋まで、あの魚止ノ滝下の巨岩に記された赤ペンキのほかに標識らしいものは一切ない。地図上の破線と地形が全ての手がかりだった。われわれの能力でこのルートを地図なしでたどることは難しい。地図を読み込んで稜線を登りつめたとき、全身に充実感がゆっくりと広がって行った。

　翌朝早く深いガスの中を出発した。踏み込まれた一般道は先へ先へとつづいている。三峰岳と間ノ岳の中腹をたどって農鳥小屋に出る。西農鳥岳、農鳥岳から大門沢を経て奈良田へ下る。この日は各所に標識があり踏み跡もしっかりして、現在地点を確認するほか地図を取り出すことはほとんどなかった。
平成十四年夏の終わりのことである。

聖岳と上河内岳（手前）

吉野の桜

「かへらじと　かねておもへば　あづさゆみ
なきかずにいる　なをぞとどむる」

吉野の如意輪堂の扉板に鏃の先で刻まれた楠正行の辞世の歌である。正行はこの歌を残し、わずかの兵を率いて四条畷に向かい、高師直の大軍と戦って討ち死にした。享年三十歳だった。

小学校（当時は国民学校）四年、九歳の夏の初めに左耳の骨膜炎の手術で一ヵ月近く入院したことがあった。

その時母が買ってくれた二冊のうち、一冊が楠正成・正行父子の物語だった。挿絵もなく、漢字が多く紙面にびっしりと詰まった活字に、閉口しながらも少しずつ読んでいった。

仰向けになったまま、書見台のページを繰りながらなので読みにくかった。多分、退院までに読み終わらなかったと思う。戦時下で物資が欠乏し、月刊の幼年倶楽部が月ごとに薄くなっていったころだった。だからこの二冊が小学校時代に買ってもらった新刊本の最後になった。

多少難しくても、活字があれば何でもよかった。繰り返し読んでいるうちに、わずかの手勢で多くの敵を奇策で打ち破る正成の智将ぶりや、正行との父子の関わり方が読み取れて来た。ただ著者が誰だったかは記憶にない。

大東亜戦争の最中に受けた教育は、皇国史観に基づいた忠君愛国の少国民教育であった。公教育は国家統制の一枚岩で国に殉ずることに最大の価値を置いた。

そのわずか二年の後、戦争に負けた日本は、従前の価値が砕け散り、殉国は無価値どころか反価値とさえなってしまった。戦争で亡くなった数百万の人たち、特に国に殉じて戦死した若い命が伝え残したかったものは何だったのだろうか。この計り知れない犠牲を、決して犬死にしてはならない。

正行が敢然と死地に赴いた姿勢と先の大戦で国に殉じた青年の姿勢は同じではない。正行は自らの信条を貫いて散った。信条に殉じたのだ。戦死した若き命の数々は、必ずしも自身の信条に殉じたわけではなかった。仮に自らの信条に殉じたとしても、それは国により洗脳され作られた信条だった。

戦後、自由の名の下にパンドラの箱が開き、様々の価値がまき散らされた。半世紀以上を経て、今多元的な価値の世界に人は放り込まれている。

このような昨今の社会状況の中で、限りある命の私たちが、世に出るまでに、そして世に出てから後も、胸の内にゆるぎない価値をきっちりと据えつけることは容易なことではない。

教育の難しさ、大切さが果てもなく問われる理由がここにある。


正成・正行父子から、筆先がそれてしまった。話を元に戻そう。

数年前の四月なかばのことだった。前日京都に泊まって、翌朝一番の近鉄特急で吉野駅に着いた。快晴無風の好天気だった。早速「ささやきの小径」を登り始める。今日一日掛けて吉野山三千本の桜の中を下千本から奥千本まで散策し、駅の近くの民宿に帰り着く予定だった。

下千本の満開の桜は、そよかぜにゆれてはらはらと舞い散っていた。朝早いのでまだ人影は少ない。吉野川の流れが眼下に蛇行している。

一息で如意輪寺に着く。小学生のときから思い描いていた如意輪堂の正行の辞世の歌が、扉に刻まれていた。思っていたより書体が細く、一見弱々しい。鏃の先が鋭いのでこのような筆先になったのだろう。もちろんこれは複製である。

ここから谷を隔てて蔵王堂の大きな屋根が、満開の中千本の桜の林の向こうに浮かんでいる。視線をめぐらすと七分咲きの上千本の桜がずっと上の方に広がって行く。シロヤマザクラの中にところどころピンク色が混じっている。桜の林の間を埋める吉野杉の濃緑の植林が、桜の美しさを際立たせている。

はじめてみる吉野山の桜に、これだけですっかり魅了され、陶然とした気分になる。

稚児松地蔵から万葉のみちをゆっくり登っていく。あちこちに桜の古木が切り倒されて丸太状の幹がころがっている。適当な一服休み場になる。そして毎年苗木が植えられて桜の歴史がつながれて行く。

この道は山の北側の山腹を辿っていくので、南側の温泉谷の向こうに点在する神社仏閣の建造物が、一面の桜の海に見え隠れしている。その中で蔵王堂のどっしりとした大屋根は際立っている。整然と重なった瓦がうららかな光を照り返している。

下千本から中千本が見渡せる満開の桜の下で、柿の葉寿司の弁当を広げる。心身が伸びやかに広がって行く。

定年退職後の同僚仲間らしい七、八人の男組が遠くで声高に話している。あたりが静かなのでよく声が通る。冷蔵庫の中を日ごとに、行ったり来たりしている副食のおかずの話には、いずこも同じと皆で苦笑している。

この満開の桜の屋根の下は、駘蕩とした空気が満ちて、のんびりとした日常の話題を思い起こさせるのかもしれない。

水分（みくまり）神社まで登ると観光客が多くなる。バスやタクシーがメイン道路を走っている。上千本の桜もこのあたりではまだ五分咲きだ。おみくじを引いた。大吉だったが、そこにいた巫女さんは、ちょっといかつくて境内の桜と調和しないなと思った。

その先二十分位で金峰神社に着く。ここから先は奥千本まで山道がつづいている。義経が追われ隠れていたという洞窟がある。思いを寄せる静が逢いに来たと立て札に記してあった。楠父子の時代より二百年近く前のことである。

タクシーでここまで登ってきて、折り返し下って行く観光客も多い。これでは吉野の桜は満喫できないだろうと思う。

歩きつかれてここで待っているという家人を残して、奥千本に向かう。

少し登って大峰山への奥駆けの道を分け、いったん沢に下り、登り返した小広い平らなところに、ひっそりと西行庵はあった。四畳半ほどの小さな庵である。ここの桜はまだ花芽が膨らんだ程度で一輪も開いていない。

今までの明るい光景と、打って変わって暗く陰気でさえある。今でさえそうであるから、九百年の昔の様が思われる。先ほどの沢の水を日常に使ったのだろうか。三年もの日々をどのように過ごしたのだろうか。

西行法師の強靭な身体と精神は計り知れない。鍛えようとしても容易に形成されるものではない。物心ついてからの、様々の艱難辛苦を乗り越えた歳月の中で、自然に体得されたものと思う。彼はそれを難とも苦とも感じなかったと思う。孤独を超越した世界に生きた、七十二年の生涯だった。

再び上千本に戻り、車道をゆっくり辿って下って行く。さすがに人が多い。中千本の五郎兵衛茶屋で休む。満開の桜にむせるほどだ。

下るにつれて蔵王堂が大きくなる。吉水神社からの桜越しの蔵王堂も迫力がある。やがて見上げるような蔵王堂に着く。巨大な木造建築物である。千年の昔、二抱えもある柱で組み込まれた伽藍の建築技術の出来栄えに驚嘆する。

メイン道路から少し南に外れて南朝の皇居跡がある。京都御所の広大さに比べようもない。吉野に追いやられた後醍醐天皇の南朝の歴史は、哀調を帯びて一片の華やかさもない。小学校時代は、楠正成、正行が命をかけて護ろうとした南朝が天皇家の正統だった。北朝を擁する足利尊氏は賊軍だった。南朝の歴史は悲しい結末で閉じている。今礎石をわずかに残すだけで、訪れる人も少ない。

仁王閣をめぐり、黒門をくぐって七曲りを下りついた所に今夜の宿があった。民宿の主は吉野観光協会の会長で、夕食後、吉野山の春と秋の多くのスライドを映して、歴史を交えて解説してくれた。

夜半から雨が降り出した。翌日は小雨の中をロープウエイで昇り、吉野神宮を巡った。散り敷かれた桜の花びらを越えて、雨が上がった谷から、霧が幾筋もの尾根に立ち上っていく光景は情緒があった。

昨日の南北朝前後の歴史と打って変わって、吉野神宮は明治時代の富国強兵の名残だった。境内の一角にある八重桜の緋色が唯一の華やかさだった。この広い境内を人が埋め尽くし、日の丸の小旗が振られた明治から昭和二十年までの歴史も、また悲劇の時代と言えるのかもしれない。今、訪れる人はなくひっそりとしていた。

吉野山の桜は、ただ見て美しいだけではない。千年の歴史の糸にあやどられて、様々の思いを人に蘇らせてくれる。それは物思う桜である。

命の蔓（一）

冬木立の潅木林のヤブを漕いで沢身に下りようとした。標高差は二〇〇メートルもないが等高線は詰まってかなりの急坂である。潅木の幹を両腕で支えながら、足元の枯れた藪草を踏み分けての急降下である。

足下に流れが見えたと思ったその一瞬足が宙に浮いた。咄嗟に左手の指先が直径四センチぐらいの蔓をつかんだ。あっという間に全身が空間に投げ出され両手で蔓をつかんだまま宙吊り状態になった。「危ない！」これは命取りになるかもしれないという思いが脳裏を掠める。

宙吊りのまま頭上を見上げると左右に広がる一枚岩の壁は一メートル余り上でオーバーハングして被っている。その岩壁と胸元とのギャップは約三〇センチ、直下は目の位置から五メートル弱はあるだろう。この真っ黒なスラブの岩壁は北向きのためおそらく一年中日が差さず、湿り気を帯びて不気味に光っている。

背後の沢はかなりの水音を立て左手下に流れている。何万年もの間水流がこの岩壁を抉っていったのであろう。下に向って緩やかに湾曲し、渇水期の今は水際から四〇センチぐらいが棚状に水面から出ている。足先からその棚まで三メートル以上あるように見える。しかし、なんとしてもそこに最小限の衝撃で着地しなければ、この絶体絶命の窮地から生還の見通しは立たないと判断した。

背後の沢はおそらくゴーロ状でどこに岩が突き出しているか分からない。かといって水の中に落下することは、その後の体温の消耗からたちまち命取りになることは明らかだ。また後頭部を少しでも岩に接触すればこれまた致命傷となる。活路の選択肢はきわめて狭い。これだけの判断に何十秒かを要したと思う。

蔓を少ししごいてみる。少しでも落下の距離を縮めたい。二、三〇センチずり下がったかも知れない。

次の選択はどのような方法でソフトランディングするかである。落下の速度を最小限に抑えることである。背中の荷物が一〇キロ近くある。宙吊り状態なので荷物を外すことができない。ぶら下がっている握力が残っているうちに行動しなければならない。冬装備で上下の下着は厚いらくだのシャツ、その上に厚手のウエアー、更に防寒用のフリース、下は厳冬期用のニッカーズボンを履いている。それにかなり厚手の毛糸の手袋をはめている。目の前の岩壁はまったくの一枚岩でクラックは全くない。全ての岩角は水に舐められて丸みを帯びている。足場になりそうな突起はない。そうとすれば岩肌に取り付いてフリクションで滑り落ちて、その速度をできる限り抑えるのだ。

息を大きく吸い込んだ。運を天に任せてまず右手を強く岩肌に押し付ける。ほとんど同時に左手指の蔓を離して岩に吸い付くように貼り付いた。両足の登山靴先端のビブラムも力いっぱい岩肌に擦り付ける。肩をすくめ全身を鞠のように縮めて落下する。右手指先が熱くなる。その速度が早いのか遅いのか分からないまま、ずるずると一メートル余りずり落ちていく。

このところ四、五年、冬場は二千メートル以下の中低山の藪山をやっている。多くはパートナーの庄司ドクターと同行するが単独のこともある。山域は概ね南ア前衛の安倍川流域の深奥部である。

平成一五年一月一三日、朝六時前、日帰り予定の装備で家を出る。乗り慣れた四輪駆動車エスクードで県道静岡・梅ケ島線を北上する。今日の目標は前年の冬、南側の仙俣川を詰めて登ったアツラ沢の頭（一五一三）の北側に幾筋かに分かれる尾根の中で三郷川の両岸沿いの尾根に入るつもりであった。

地図は二万五千分の一湯の森である。湯の森のバス停付近を左折して林道に入る。三百メートル奥の三郷の部落を過ぎるとその先に人家はない。地図上では造里に一軒家があるが今は廃屋である。昔はそこから安倍西山稜を越えて井川村とを結ぶ山道があったのであろう。林道工事が延びたためか最近はこの辺りの山には人が入った気配はない。

午前七時半装備を整えて歩き出す。取り付きからひたすら登って尾根を掴まえ、あとはそれを忠実に辿ればよい。取っ付きの藪で雪山用の手袋をどこかへ落としてしまった。一気に登った一一二〇のピークでそれに気が付いたが後の祭りである。薄手の手袋で足りたのでザックのサイドに挟んだのが失敗であった。

幾つかのアップダウン越えて一三〇八に届くと雪が現れた。高度を上げるにつれて雪が深くなる。一四〇〇辺りで斜度の厳しいトラバース箇所があり念のためアイゼンをつける。一四五三のピークを遮二無二登り、更に一登りで主稜線に出る。

この辺りの尾根は広い。北に向えば井川峠（一六六〇）、南下すればアツラ沢の頭を経てリバウウェルスキー場である。稜線上は積雪三〇センチを越えている。明るい冬晴れの日差しが雪に照り返して眩しい。人っ子一人いない。近くにキャンプ場があるので夏から秋は人声が絶えないところなのだが、森閑として静寂そのものである。

この深雪のため三郷川右岸沿いに下る尾根筋が掴めない。仕方がないのでアツラ沢の頭から急な尾根をしばらく下り、緩くなった所で北寄りに下っていく。急斜面のため下り過ぎ、朝辿った三郷川左岸の張出し尾根の長い稜線が確認できない。再び左へ登り返し気味に下っていくと前の年、込岳への尾根探しに苦労したときの見覚えのある地形が、小さなガレ場の下に見えた。複雑に尾根が絡んだ明るい窪地で、微かな水が滴り落ちている。この水はずっと下流で三郷川の本流に繋がっている筈だ。何故なら南は込岳（一三〇九）から二王山（一二〇八）の長い尾根に阻まれて沢が流れ込む隙間はない。とすれば左の斜面を登りきって尾根に出れば、それが三郷川右岸の尾根になる。

時刻は午後二時を回っている。一息で登ると沢の瀬音と共に対面に、朝方歩いた起伏のある稜線が左岸沿いに長々と下方に続いている。尾根を忠実に踏んで下る。標高差約五〇〇メートル、かなりの急坂である。やがて右下から小さな瀬音が聞こえて緩やかな下りとなり、間もなく左からの本流と出会う。尾根の取っ付きに小さなケルンが積んであった。本流を飛び石で渡って石洞を潜り、しばらく沢筋を下っていくと左側に林道が現れた。車はここまで入れたのかもしれないと思いながら林道を下ること一時間で駐車場所に着いた。午後四時半であった。林道は二箇所ほど落石で結局通行不能であった。

行動食をとりながら歩程九時間であった。この日からまる一年の月日が流れた。


微かに瀬音が聞こえてきた。登山靴を通して右足首の下がひんやりとしている。ぼんやりとした意識の中で目を開く。まだ明るい。目の前の岩の間を沢水が激しく音を立てて流れている。足元の流れは緩く五〇センチほどの一段下の落ち口に落ち込んでいる。眠っていたのであろうか？　時計の針は、午後三時半を回っている。

先刻尾根から沢に下り始めたのが午後二時過ぎであったから沢に落ちてから三〇分以上の意識のブランクがある。五〇センチもない岩棚の流れすれすれにザックを置き、両足で抑えて右足が少し流れに漬かっていた。右脇にはストックがある。沢の左手の上流は三、四メートルの滝が二手に分かれて落ち込み、太い流木が何本か岩に食い込んでいる。座り込んでいる背後は一枚岩の壁が下流に向って二〇メートルぐらい続いている。対岸は高さ二、三メートルの岩がぎっしりと埋まり潅木が岸近くまで茂っている。ここは右岸のみがゴルジュの暗い谷の底なのである。見上げると空は狭い。先ほど明るさを感じた空は次第に雲が厚みを増している。

予報によれば夕方から雨または雪であった。虚脱感から立ち上がる力がない。ここまで状況を把握した上で全身に打撲、切傷を感じた。今から林道まで沢を下りきるには時間が足りないことは明らかである。念のため家人に携帯電話のメールを打った。「どうも遭難したらしい。庄司ドクターに連絡して下さい。ここは三郷川上流の谷間です」。しかし案の定圏外で連絡不能であった。

視界が不明瞭なのに気づいて眼鏡を探したが、落ちる途中で砕け散ってしまい破片さえ見当たらない。右手で顔を撫でると左目の付近にかなりの出血の凝固がある。三メートルほどの下手に人一人がかろうじて横になれるスペースがある。ザックから断熱材の敷物を取り出して敷こうとしたが上手くいかず諦めた。

急速に明るさが失われて日暮れが迫って来る。ポツリと雨だれが頭に落ちた。雨具を取り出してフリースの上に着込む。スペースがない上に足が思うように動かないためズボンははけない。その時になって、登山靴以外は水に漬かっていないことに気が付いた。着地した際に沢に飛び込まなかったのである。そして岩壁に向かい合わせで落下したのに、意識を回復したときは沢のほうに向いて蹲っていたのである。記憶は落下の途中で切れてしまったが、恐らく着地した後、体勢を整えた安堵から意識を喪失してしまったものと思われる。もし落下の際水に漬かってしまったら、夜に入ってからの気温の低下で体

温を奪われてしまったに違いない。ただ手袋は岩壁との摩擦で指先がめくれて元に戻らず、しかも両手の指が擦過傷で膨れ上がり、何度試みても半分以上指が入っていかなかった。これ以上のダメージを防ぐためには指先の凍傷を避けねばならない。雨具では薄いのでフリースのポケットに両手を入れて冷えを防ぐことにする。

次第に夜が迫る。雨はやがて雪になった。オーバーハングの岩壁が庇になって濡れることはない。頭上から小石が転がり落ちる音がする。そして沢面に落ちた。次いで拳大の石が目の前の水面にドボンと鈍い音を残して沈んでいく。ヘルメットはないが頭への落下をオーバーハングの頭上の岩壁が護ってくれる。

一時の後小石の落下はやんだ。行動食のドラ焼きで腹を持たせ、目の前の水をコップですくって飲んで脱水症状を防ぐ。昼間の疲れから眠気を催して来る。明日の朝明るくなるのを待ち、一日かけて林道まで下るしか生還の道はない。窮屈なので時々姿勢を変えるが、結局ザックを前に両足を上に乗せる形が最も安定する。うつらうつらと半覚醒のまま時が過ぎていく。寒さも痛みも感じない。ひたすら明日に運を賭けるしかないのだ。

黒ずんでいた沢の向こうの岩が雪を被って目を覚ます度に白さを増していく。対岸の裸木が枝の先まで白くなって、夜が明けたかと錯覚する。激しい瀬音が時々すーっと耳から消えて行く。ここは人跡稀な自然の深奥部である。ふと、ここにいることの表現しがたい充実感に満たされる。

四〇年近い山登りでいく度かの危険に晒されたが、結果的に危険は回避され表面化しなかった。ピークを踏み歩いたことも、雪山を彷徨したことも、マイナス一〇度の吹雪をじっとテントの中で耐えたこともある。しかし、ここ五、六年、とにかく静寂な自然そのものに直接近づきたい欲求が強くなってきた。山の高さでもなく、形でもない、頂上を極めなくてもよい。ただ自然の深奥部に入り込むことによって得られる、甘美なまでの精神の充実が何物にも代えがたいのである。

田部重治が言ったように山に登るということは、人知れず山の中に寝ることなのだ。人は言うかもしれない。「登山道もない、人もいない自然の奥深くに危険を冒して入って行く、そのような行為に一体どれほどの価値があるのかと」。自然は崇高である。その崇高さへの憧れである。この憧れが今の私の生きる糧なのである。しかしこれは一般的には理解し難いことなのかもしれない。

何回かのまどろみを重ねるうちに少しずつ夜が明けてきた。雪は一五センチほど積もった。雪の白さが夜明けを促したのかも知れない。

午前七時を回った。いながらにしてコップですくって沢の水を飲む。うっすらと氷が張っている。大福餅を食べる。好物の行動食である。ラーメンを作りたかったのだが、ライターを二個ともザックの中で水に濡らしてしまってガスが着火しなかった。もし体に損傷がなければ四時間とはかからないで林道の端にたどり着けるだろうが、この状態では倍の時間を見ておかねばなるまい。

相変わらず手袋は使えないが、すべてをザックに詰め込んで背負う。左肩があがらない。強引に腕を通して肩へ押し上げる。濡れたザックは重い。ストックを支えに立ち上がろうとしたが、左足の踏ん張りが利かない。しかし、この暗い谷底から脱出しないことには恐らく生命は維持できないだろう。痛みは吹き飛んだ。

雪は止んでいる。天気は回復の気配である。午前八時、渾身の力を込めて一歩を踏み出す。両手は素手である。時には沢水に漬かりながらだが、今は冷たさの感覚もない。昨日の午後二時過ぎ、去年の右岸の尾根を容易に捉えたのに気をよくして、沢身に下りて少し偵察しようとしたのが事の始まりであった。右岸沿いの尾根をもっと下ってから、登りに見た三段の滝の上辺りに出るつもりが、地図の確認を怠ったため、結局はずっと上部の沢に落ちてしまったのであった。

両岸の岩をへつりながら、なるべく深みに落ち込まぬよう慎重に下る。裸眼なので足元をじっくり確かめてから、ストックで支えながら体を下の岩にずり落とす。これ以上の損傷を負ったら致命的となる。二、三箇所の小滝でどうしても水に入らなければ下れない所があった。休むたびに水を飲むのだが、次第に脱水症状がひどくなって唾液が出ず、ドラ焼きの皮が喉に詰まってしまうようになった。後はチョコレートしかない。

昼過ぎて再び粉雪が舞いだしたころ、頭上でヘリコプターの拡声器が聞こえた。内容は分からないが、捜索が開始されたのではないかと思った。しかし、沢筋の空は狭く雲に覆われて機影は見えない。ゆっくりではあるが立ち止まる程度の休憩のみで六時間くらい下った。

沢が明るく開けてきた。あと二時間くらいで滝を巻いて川原に出るだろうと思い岩に腰を下ろしてザックを外し、水を補給してチョコレートを二粒口に入れた。その時沢の一段下のほうから人声がした。直ぐ「セイさーん、セイさーん」という呼び掛けが左右の尾根にこだまして聞こえてきた。「おーい」と呼び返す。五分もしないうちに静岡中央警察署山岳救助隊員の姿が沢の下から現れた。四人の隊員が交々「セイさんですか？」と確認する。「ご苦労さんです。お世話になります」と答えたつもりであったが、後から聞くと声が擦れてしまって余り声にならなかったようである。時に午後二時一〇分であった。

因みに救助活動はその日午後三時までで打ち切る予定であったという。落下地点で動けなかったり、自力下山を試みなかったら発見されないままであったかも知れない。生存への架け橋が繋がったことで、今まで維持されてきた体内のエネルギーが急速に失われてしまった。ヘリでの吊るし上げは風が強くて危険とのことで、隊員に背負い袋で背負われて下ることになった。後日回収することにして荷物は全てその場にデポする。四、五〇メートルずつの四人交代だが、滝を巻く下りは猛烈な急坂で隊員諸共に転げ落ちそうであった。

二時間近くかかってようやく林道末端に待機していた救急車に運び込まれた。その時体温は三二度五分まで下がっていた。安堵から意識が薄れかかっていたが、「お父さん」という娘の呼び掛けが今でも耳の底に残っている。
静岡済生会病院の緊急処置室に到着した時は午後七時を回っていた。そこでの当初の診断は右膝蓋骨骨折、全身打撲、脱水症、顔面、両足、両腕擦過傷であったが、その後の何回かの検査の結果左上腕骨結節骨折の手術が加わった。そしてその日から一ヵ月余りの入院治療の身となったのである。

今回の遭難では、庄司ドクター、家族、警察の山岳救助隊、警察犬等の協力によって運良く一命を取り止めることができた。もし滑落寸前に咄嗟に掴んだ木の蔓が、枯れていたり、細くて体重を支えきれなかったとしたら、下降への勢いで沢にダイビングして岩に砕け散る無残な結末であったことだろう。まさに生死の境は紙一重である。日ごろ、心身一元を認識して行動していたつもりであったが、私の生死の観念は多分に精神に傾いていた。それはまず身体にこそ拠らねばならないことを身をもって知らされた。

＊註

オーバーハング＝下から見て岩壁がひさし状に被っていること
ゴーロ状＝大小の岩がごろごろした沢の状態
トラバース＝斜面を横切ること
アイゼン＝先端が鋭く尖った鋼鉄の爪が付いた金具で登山靴の底
　にバンドで締め付ける。爪は六本から十二本ある
ケルン＝石を積み重ねた道しるべ
ゴルジュ＝左右の岩壁が迫っている暗い谷底のこと
スラブ＝一枚岩のこと
へつる＝岩の縁を伝わりながら歩く

「滑落の登山男性救助」の見出しで、「十三日午前五時半ころ、静岡市内の男性公務員（六九）の家族から、十二日に日帰りで同市奥仙俣のアツラ沢頭に一人で向かったまま帰宅しないと、男性の家族から一一〇番通報があった。静岡中央署や同市消防本部が捜索を行い、十三日午後二時十五分ごろ、同市入島の山中の沢で、全身を強く打って怪我をして動けなくなっている男性を発見、救助した。男性は十二日午前五時ころ、車で自宅を出発。入島の三郷川沿いの林道に駐車した後、沢に沿った山道に入ったが、滑落したという。男性は駐車した場所へ自力で戻ろうとしたが、途中で身動きがとれなくなった」という記事が一月十四日静岡新聞の社会面の片隅を埋めた。読売、毎日、中日の各新聞にも同趣旨の記事が出た。中には住所、氏名のみならず職業まで明記した記事もあった。

冬の日没は早い。午後五時を廻るとみるみる明るさが闇に奪われて行く。午後六時過ぎ、夕飯の都合もあるので育代は「何時ころ帰る」と栄治にメールを入れた。三十年以上も山登りを続けている夫のことであり、殆ど毎月のように山に入っていることで遅くなることには馴れているので、返事がなくてもあまり気にならなかった。

しかし午後八時を過ぎても何の連絡もない。こちらからのメールは通常に送信されている。まさか栄治の携帯電話が通信圏外にあるとは思わなかった。午後九時を過ぎて、たしか日帰りの予定で出掛け、明日は仕事があるはずなのにこの時間まで連絡がないのはおかしいと思った途端不安が胸にこみ上げてきた。

車で十分ほどのところに住んでいる娘の美和に電話してみたが、美和もまた大事を感ずることなく「もうじき帰ってくるんじゃないの」と受け流していた。

今までにも栄治は山の中にビバークして早朝に下山して帰宅したことや夜中の一時過ぎに帰宅したことがあったのだから美和がそう思うのも不思議ではない。しかし、育代から午後十時を過ぎて再び電話があったとき、美和も栄治の身に何かあったのかもしれないという不安に襲われて育代の所に駆け付けた。

育代は昨夜栄治から「明日は去年登った山で落とした手袋を探しに行く」とは聞いていたが、二人共それが何処なのかはさっぱりわからない。

日ごろから二人共山に対する興味は殆ど持っていなかった。栄治の日記を探して昨夜のページを探すとそこには「明日の山行、アツラ沢へもう一度」と記されていた。

二人共、アツラ沢が何処にあるのか見当もつかない。美和がインターネットでアツラ沢を検索した。栄治の山のパートナーである塩沢ドクターは暮れから体調を崩して今回の山行には参加していない。何かの情報は持っているに違いないのだが既に午前一時に近くとても電話できる時間ではない。外は雨である。山では雪になっているに違いないと二人は思った。

栄治の長男真志は、昼間焼津方面の天文台公園や海岸に子供三人を連れて行って疲れてしまい、八時半ころには床に入ってしまった。

しかし深夜に目覚めてしまいその後何故か寝つかれずパソコンのキーを叩いていた。長く勤めてきた父が、後一ヵ月で停年なんだなどと取り止めもない思いを巡らしていた。

まさか当の栄治が、奥深い山の暗闇の谷底で岩壁にへばりついてうずくまり、対岸の岩に降り積もる雪の厚さが少しずつ増して行く様を、半ば眠り半ば醒めながら夜明けを待っていようなどとは露ほども思わなかった。

寝ついたと思ったら電話のコールで起こされた。まだ五時半である。「お父さんが、昨日山に行ったきりまだ帰って来ない。警察へ連絡した方がいいだろうか？」と切迫した声が受話器の奥から響いて来る。

「塩沢先生にも警察にも直ぐ連絡した方がいい」と応えて厚手のセーター、ズボンを着込んで車に飛び乗り草薙の家に向かう。着いて三人で相談しているところへ六時過ぎ塩沢ドクターが到着し、湯の森二万五千分の一の地図で昨年と同じコースならば、湯の森バス停付近から林道に入りそのどこかへ車を置いて山に入った可能性が高いと結論付けた。ここでは山岳トラブルであることは明白な前提事実であった。

間もなく清水警察署員二名が到着した。捜索の端緒は家出人捜索からということで、栄治の性格、家族間の関係、仕事上の悩みごとなど山岳遭難と関係がないような事項も調書に記載されて捜索願を提出した。

署員はそこから現地の梅ケ島派出所に車の捜索方を連絡していた。車が発見されないことには山岳遭難としては捜索救助に着手できないのである。

手続き終了後直ちに塩沢ドクターと真志はそれぞれの車で湯の森に向かう。途中のコンビニでお結び、パン等を買う。自分の分だけ選んだ真志はふと、思い直して栄治の分も買い込んだ。

県道梅ケ島線の湯の森バス停付近から左折して林道に入る。林道は狭く、沢沿いの左側は崖でオフロード運転に慣れない真志は危険を感じ塩沢ドクターの車一台に同乗してなおも奥に進んでいった。冬期は殆ど車が入っていないと思われた。

「普段はこんなに林道の奥には止めないですね。林道でウォームアップして行くと思うのですがね」などとドクターが呟きながら大きく左に曲がった時、目の前の植林の中に前向きに突っ込んだ見馴れた父の四輪駆動車が突然現われた。二人は思わず同時に「あった!」と叫んだ。

時に午前九時十五分過ぎであった。ドアロックを忘れて車内には毛糸の手袋一双のほかに冬山用の手袋が右手だけ、それにスパッツが一組その他着替えの衣類等が後部座席にある。

間違いなくこの山のどこかに栄治はいると二人は思った。湯の森のバス停付近に戻り、家と清水署に車の発見場所、車内の状況等を連絡する。この段階で家出人捜索から山岳救助に捜索の目的が変更され、静岡中央警察署の管轄となった。

午前十時、中央署から救助隊を組織して現地に向かわせるから待機するようにとの連絡があり、近くの民家の空地に駐車させて貰い車中で腹ごしらえをする。

ここから見上げる空は狭いながらも晴れあがっている。気温も上がってきた。いまごろどこかの尾根を歩いているのではないか、もうじき下りてくるのではないか、この天気なら父は見つかるに違いない、いや見つかって欲しいと真志は思い巡らしていた。

そのころ栄治は全身打撲と骨折を負いながら三郷川上流の沢を一歩一歩慎重に里に向かって下っていたのである。

また家では育代、美和それに息子が未だに帰宅していないことを知った九十五歳になる栄治の母親のうめが、電話機の廻りにへばりついて連絡があるのを今か今かと息を潜めて待ちわびていた。

梅ケ島派出所の駐在員が栄治の車の状況を中央署に連絡し、遺書のようなものはない、付近の崖下に転落した形跡もないなどと報告している。

民家の主人がお茶をいれてくれ、「この山には部落の者は滅多に入らない。アツラ沢という名前も聞いたことがない。北尾根に荒れた小屋があるが、年に一度行くかどうか。景色も良くないし、登山するような山ではない。こんな山に登る理由がわからない」と言っている。

山岳救助隊はなかなか到着しない。救助のための限られた時間がなす術もなく費やされていく。しかしひたすら待つしかない。


正午近くにいったん行きすぎたワンボックスカーが、駐在所前まで戻ってきた。山岳救助隊四名が乗車している。リーダーから「何の目的で登ったのか、七〇歳に近い人が一人でこんな山に登るとは普通考えられない」と質問されて真志は、栄治が三十年以上山に登っていること、去年もこの山に登っていること、その時は北尾根から主稜線に出て南尾根を下っていると答え、塩沢ドクターも栄治の登山キャリア、日本百名山を完登し、アツラ沢にも二人で登ったことがあると説明した。

そのまま救助隊四人と地元の駐在員二名それに真志と塩沢ドクターが林道に入り、終点近くの広場で捜索の準備に取りかかった。

しかし何処から登ったらよいかを決めかねていた。主稜線に登りつくには三郷川の左岸沿い（北尾根）、右岸沿い（南尾根）、沢を登るほか林道の入口付近から北尾根に取り付く四コースがあるがいずれにせよ道らしい道はない山なのである。栄治が好みそうな山だといっても塩沢ドクター以外には理解されないであろう。今日の捜索は時間的にこのうちの一つだけに限られている。

ドクターに促されて左岸の北尾根に取り付いてみる。とても道とはいえない所だ。途中の小さな岩場で救助隊のリーダーが地図上のポイントを確認している。

やや平坦な場所で山に向かって「おーい、おーい」と呼びかけてみるが応答はない。その先にも手がかりは見当たらないので再び広場に戻る。そこに警察犬を連れた民間人がやってきた。昼前に中央署から紹介されて育代が依頼したのだった。警察犬は栄治の車両内の手袋、運転席などの匂いを嗅いで沢沿いに山に入っていった。

救助隊四人がそれを追う。更に中央署の車が到着し、地域担当次長と地域課長が降りて来て真志に「心配ですね。県警のヘリを飛ばします」と伝えてくれた。また本日の捜索は二次遭難の危険があるので、午後三時で打ち切られることも告げられた。

午後一時を過ぎて先ほどまで晴れていた空が山の上から次第に雲に覆われ、雪が舞い始めた。気温は急速に冷え込んでくる。

真志とドクターは今度は沢を飛び石で渡り、急な沢を登り始めるが岩が濡れて滑りやすく、流木が行く手を妨げてとても登りにくい。かなり上まで登って見たが足跡は見当たらず危険なので引き返す。

そのころ上空からヘリが「こちらは静岡中央署です。関さん、関さん貴方を探していま す」と何度もスピーカで呼びかけた。ヘリならば見つけてくれるとの思いも空しく、沢の上部は既にガスに覆われて沢筋は見とおすことが出来なかったのであろう。

しばらくしてヘリは何の成果も無く引き返して行った。再び静寂に取り囲まれた真志の胸を不吉な思いが広がり始めていた。

真志が中学のころ、何回か栄治に連れられて安倍奥の山に登ったことがあった。そのころの栄治は一般ルートを外して登ることは殆どなかった。だから最近の栄治が地図上に道もなく人が入らない山の奥深くに、一人で入り込んでいるとは考えたこともなかった。

　時計の針はすでに午後二時を廻った。雪がちらついて山から吹き降ろす風は益々冷たい。先ほど課長から「本日の捜索は午後三時までで、沢に入った救助隊はそこで引き返す。明日以降は消防団や地元の人達と合同で捜索を続ける」と言われ、この冷え込みでは明日までは栄治の命は持たないだろうと思った。

　残り時間が少なくなってきた。状況は暗い。しかし救助隊の活動に最後の望みを託すほかない。何度も沢筋のガスに覆われた山を仰いで祈る。そして沢の岩場を往きつ戻りつしながら、午後三時を過ぎた後をどうすべきか思案する。


　午後二時十八分、突然沢の中で大きな岩の上に立って操作していた課長の無線機が応答を始めた。一瞬、不吉な知らせかも知れないと思ったが覚悟を決めて近づいた。

　無線機を背中に背負った課長が「発見されました。沢にいたそうです。全身打撲で怪我をしているが、意識はしっかりしているようです」と叫ぶように告げた。

救助隊四人は沢を登り途中から右岸の尾根に取り付くつもりだったが、道を間違えて沢を登って行ったら偶然発見したと説明される。

今の今まで栄治が助かる可能性は殆どないのではないかと感じていた真志は、救出の報を聞いて咄嗟に息が詰まり「よかった。ありがとうございました」と課長に告げるのが精一杯であった。

救助隊から、当然のことながらその中には遺体搬送袋も用意されていた荷物は全て発見現場に置いて、栄治を交代で担いで下山すると連絡がある。指揮現場は直ちに救急車の手配を静岡中央消防署に要請した。

ここは携帯電話が圏外なので、無線で発見の事実を家族に知らせて欲しいと依頼し、中央署からその知らせを美和が受けたのはかれこれ午後三時に近かった。

電話機を囲んで最悪の事態も覚悟していた育代、美和、それに必ずしも事態が把握できていなかったうめも極度の緊張から少し解放された。しかし、どの程度の怪我を負ったのか、まだ状況は依然として不確定である。直ちに美和は夫の良と一緒にお茶や食糧などを買い込んで山に向かった。

救助隊が栄治を抱えて戻ってくるのを待つ間、真志は、中央署の次長、課長に、「九死に一生、いやそれ以上ですね。お世話になりました」と告げる。

これに対し、警察の次長は、「時間との戦いだった。帰ったら単独登山は控えるようにきつく言った方がいいな」と言い放った。

三時ころになって、救助隊員から、発見現場を三十分程下った辺りが河原になって上空が開け、ヘリでピックアップできそうなので再度ヘリを呼べないかと依頼があり、課長が出動方を連絡した。二十分くらいでオレンジ色のヘリが上空に到着し旋回し始めた。

現場は沢の上流部であることを皆で指示しそちらへ向かったが、しばらくして強風のためキャッチアップ不可能と判断したので引き返すと無線連絡を残して機体はそのまま南の空に消えていった。

四時過ぎ、消防署の四輪駆動車と救急車が広場に到着しその後ろから美和と良が来た。

次長から「ヘリを二回飛ばしているので、マスコミから取材を受けている。名前が出ると思うがいいか」と聞かれた真志は「取材のルールに沿ってやってください」とだけ答えた。次長と課長はここまで見届けて署に戻った。

寒さが厳しく外にいられないので全員が車の中で待つ。美和が持参したお茶類を真志が、警察と消防署の救急隊員に渡すと「警察は人を助けるのが仕事だから、当たり前のことをしているだけですよ」と若い駐在員が気を使わなくてもいいといった感じで言った。

間もなく先ほど登って行ったレスキュー隊四人と山岳救助隊四人とが合流したので、担架に移して十五分ほどで広場に着くと無線連絡がある。


午後五時十五分、辺りが薄暗くなり始めたその時、沢のほうからザッ、ザッという重い靴音が聞こえて来る。見ると赤いレインパーカーを着た栄治が簡易担架に横たわってレスキュー隊員に搬送されて来た。

栄治はフードを被り背中を向けていたので反対側に回り込んで覗き込む。「お父さん！」と美和が呼びかけると、気がついた栄治は顔を少し上げて「あぁー」と一声力なく答えた。

眼鏡はなく、頭に包帯が巻かれ血が滲んでいる。深い傷を負ってかなり衰弱しているように見えた。思わず「よく頑張った。もう少しだからな」と真志は栄治に声を掛けた。

簡易担架から栄治を救急車の担架に移して寝かす。その時真志は右足を持ったが、見ると両足が異常に腫れパンパンになっているのに気が付いた。何故か手袋もしていなかった両手は凍りつくように冷たい。擦って温めようとしてみたが全く反応がなかった。

若い救助隊員から栄治の登山靴を渡される。ザックは発見現場に置いて来たので、自分達の荷物と一緒に明後日取りに行くつもりだといわれる。

今度はレスキュー隊員から足が腫れていてタイツがめくれないので切っていいかなどと聞かれる。救急車内で隊員が負傷の程度をチェックする。この時、栄治の体温は三十二度まで下がっていた。

「左足を動かせますか？」と尋ねられたとき栄治の左足がガタッと動いた。塩沢ドクターが栄治の顔を覗き込んで何か話しかけると栄治はそれに応答していた。

美和が救急車に乗り込むことにした。静かに救急車は広場から林道を里に向かって走り出した。広場を去る前、真志の脳裏に走馬灯のように朝からの出来事が掠めていった。真志は振り返って山を見あげた。

すっかり日が暮れて、そこには黒々としたシルエットが重なり合っていた。「今回だけは命を奪わずに返してやる」
真志は山の魔性の声をはっきりと聞いた気がした。

別れ雪

そこは北国の落ちついた城下町である。北国とはいっても四月に入ってから雪が降ることは珍しい。その日は朝からどんよりと雲が広がり気温も上がらなかった。そして宵闇が迫るころから淡い牡丹雪が、上空から途切れることなく舞い降りてきた。春の雪は水っぽいだけしっとりと降る。瑛子とカフェバー「マリアテレサ」を出たとき、路上には十センチ以上の雪が積もり、あちこちの街灯に照らされて、外には明るい白の世界が広がっていた。

瑛子は四年前から仕事でその城下町に住んでいた。私もまた三年前その街から七、八十キロ離れた周囲を山に囲まれた小さな盆地の街に転勤して来た。生まれ育った地方では厳冬期に遠くの山が白くなることはあっても、里にはほとんど雪が降ることがなかった。

南アルプス三千メートルの高峰の連なりを越え、強い北西の風に雪雲が吹き飛ばされて雪が舞う日が年に五日もない。それは雪というより風花である。

一面に雪が降り積もる雪景色を見たのは学生時代に仙台で生活したときが初めてであった。今度の転勤で仙台より更に北の生活を体験することになったのである。

赴任して間もなくの六月、訪ねてきた綾と芙美を伴って、三陸の海岸を大船渡から釜石を経て宮古まで車で走ったことがあった。綾も芙美も以前同じ職場で仕事をしたことがあった。綾は若いころ著名な民法学者の研究助手をしたこともあり、堂々たる体躯の女丈夫で仕事上の先輩だった。芙美は大学の後輩でもあり、当時は仙台に転勤していた。綾が芙美を誘った三陸海岸の旅のついでに、北国に転勤して間もない私を訪ねて来たものだった。私もまだ知らない陸中の海を見たいと思ったので二人と同行した。

大槌湾の海辺にある国民宿舎に一泊し、翌日は近海魚の宝庫で波静かな山田湾から観光船で外海に出て、日本最東端の岬と呼ばれるトドヶ崎を巡った。その後再び陸路を宮古に行く。

芙美の後輩の瑛子が宮古営業所にいるというので営業所に寄ることにした。芙美が瑛子はフェイ・ダナウェーの面影があるなどと言うので少し気になった。どちらかというとフェイ・ダナウェーよりキャンディス・バーゲン好みだった。会ってみると瑛子はかなり活発で行動的な女性で、一年前から宮古に単身赴任していた。

街の狭い路地を思い切りよく運転する瑛子の車に付いていくのは、土地に不案内な私にはなかなか大変であった。

浄土ヶ浜はその名の通り日本庭園のような美しい浜辺である。目と鼻の先にある枝振りのよい松が生えた岩礁を囲んで、底まで見える澄み切った海水がひたひたとめぐり、囁くようなさざ波が砂の上を行ったり来たりしていた。

「夏の夕べ、仕事が終わってからあの岩まで泳いだりするの」と瑛子が芙美に話している。今はほとんど人影はない。それは思っただけでも気持ちが良さそうな情景であった。

陸中川井の駅で東京と仙台に帰る綾と芙美に別れ、川井村から立丸峠を越えて盆地の街へ戻った。川井村は山また山に埋もれ、わずかな川沿いの開墾地に集落が開けているだけの文字通りの寒村である。そこここの民家の庭に立つ青紫色の桐の花が、周りの山の新緑に映えて一際鮮やかに見える。

この旅の後で瑛子と二、三回電話のやり取りがあった。翌年春になって瑛子から県の中央の城下町の支店に転勤したとの挨拶状が届いたので、支店に行った折りに顔を出してみた。男ばかりの職場の中で相変わらず元気そうな瑛子であった。

私は山を歩くのが好きだった。東北の山々に登りたかったのも転勤理由のひとつである。毎月一、二回手近なところに登っていた。時には職場の山好きの誠治と土曜から日曜日にかけて八甲田山や鳥海山を歩いたこともあるが、多くは単独行であった。

それは九月下旬、快晴の日曜日のことである。夜明け前に発って何回目かの秋田駒ヶ岳を目指した。

宮守村から大迫町を抜けて紫波町に入ったころから車のエンジンの調子がおかしくなった。ボンネットの隙間から湯気が上がる。そして北上川沿いの土手を走っているとき、突然キャブレーターから一気に蒸気が吹き出して車は止まってしまった。

走行四万キロを越えた中古車だったが定期点検は怠らなかった。しかし日曜日でいつもの修理工場は休みである。とりあえず車を道路際に寄せて思案した。

今日の山は諦めた。問題はどうして家に戻るかである。ここまで来ていると帰るには鉄道しかない。駅までどうして行くかである。

ふっと瑛子に電話してみようと思った。休みで不在なら仕方がない。かなり歩いて人家のある通りの公衆電話から掛けると、朝がまだ早かったのが幸いしてか通話が出来た。事情を話すと来てくれるという。更によければ車を使ってもいいと言ってくれる。たまたま秋田の放送局に勤める友人が昨日から車で遊びに来ているので、夜までに支店に車を返しておいてくれればよいとのことだった。

こういう時、遠慮しないというより遠慮できない癖があった。渡りに船の瑛子の言葉に甘えて予定どおり山に行くことにした。すぐ出れば三十分もかからない距離と思われたが、かれこれ一時間近く待ってようやく二台の車が北上川の土手に現れた。

山の格好の私と道路脇の車を見て事情を了解した瑛子は、車種の違う自分の車の特徴を話しながらキーを手渡して、一言「気をつけて行ってらっしゃい」と言って秋田の友人の車に乗り込んで去っていった。

予定を二時間近く遅れて、仙岩道路の秋田県境にある国見峠の温泉下から歩き始めたのは十時を回っていた。好天に恵まれて駒ケ岳の山頂から八幡平、岩手山、姫神山、早池峯山、和賀岳、鳥海山の展望を満喫して下山し、車を支店の駐車場に返した時は、さすがに夜の帳がすっかり下りていた。忘れられない山行だった。

それから一年半の歳月が過ぎ去って、私は盆地の城下町を離れることになった。「マリアテレサ」の雪は冬の名残の、いや瑛子との別れの雪であった。

春の雪

中山道は追分宿の外れの分去れで北国街道と分かれて南に向かう。そして小田井の宿を過ぎて岩村田の宿に入る。この岩村田に住んだことがある。四十代後半の単身赴任真っ盛りのころであった。

岩村田は佐久平盆地の中心よりやや北よりにあって、北に近く浅間山が鎮座して噴煙をたなびかせ、南には遠く蓼科山から北八ヶ岳の峰々が連なっている。

標高七百メートル近い高地で、雨が少なく一年を通して乾いた空気が流れている。夏は日中の気温は三十度を越すことがあるが、日没後は急速に涼しくなって夜の寝苦しさを知らなかった。

しかし冬は寒い。雪は少ないが、乾いた雪が少しずつ重なって踏み固められ、昼間の日差しに表面が融けて夜はかちかちに凍ってしまう。

単身赴任の身は健康管理が大事である。生活のリズムを維持することである。仕事はデスクワークで一日中庁舎内のほか動くことがない。私的な時間を有効に活用しなければならない。特に冬場が問題である。

異動して住民となった日、早速体育館の利用状況を尋ねる。夏場のテニスはともかく冬の凌ぎ方だ。卓球クラブを探す。市の卓球協会は体育館での定期的な活動はしていないとのことで一瞬落胆したが、岩村田のキネヤ薬局の二階が卓球場になっていて店主のご夫妻が個人的にサークル活動をしているという情報を得た。

宿舎から歩いて十分とかからない薬局を訪ねると、店主のIさんがにこやかに迎えてくれて早速二階の卓球場に案内してくれた。天井はやや低いが二台がセットされたフローリングで充分なスペースがある立派な卓球場だった。練習日は火、木の午後七時から二時間で会費は月に五百円と言う。

Iさんのご夫婦は東京の薬科大学の同窓で、卓球が縁で一緒になられたとのことだった。キネヤは岩村田では老舗の薬局で、奥様は岡山県の出身だった。Iさんは紳士的で優しい人柄で近隣の信望が厚かった。小学生の二人のお嬢さんにも毎晩卓球を教えていた。こうして幸運に恵まれ一年を通して定期的に運動ができることになった。

十歳以上年下のIさんは守備型のカットマンだった。初めのうちはほとんど勝てなかったが練習を重ねるうちにときどきは勝てるようになった。毎年三月の市民大会は三十五歳以上のセミシニアの部に出場し決勝戦での負けがつづいたが、三年目遂に優勝して記念の楯をもらった。佐久の思い出の一つとして書棚に飾ってある。

冬の戸外はマイナス五度前後で凍った路面はかちかちである。しかし二時間の練習をみっちりやると半袖のウエアーは汗をいっぱいに吸い込んで重いほどになる。着替えをして登山用の羽毛服を羽織って外に出る。体を思い切り動かした後の体内の温もりで寒さは感じない。

キネヤからの帰り道、かぼそい街灯のほか明かりのない裏通りの軒下に、小さなスナックパブの看板があった。『カトレヤ』と書かれていた。喉をうるおしたい思いでドアを押した。

若い銀行員のグループ四、五人が二脚のテーブルで水割りを飲みながら語り合っている。小さなカウンターに客は誰もいなかった。「いらっしゃいませ」と聞こえたものの水栽培の鉢の陰で女主人の姿は見えない。カウンターの奥をのぞき込むと氷を砕いて水割りを作っていた。

ビールを飲みたかった。「ハイネッケンありますか？」。返事を確かめもしないでぼんやりと、二次会らしい若い人たちの職場談義を聞くともなしに聞いていた。

ほどなくコースターに乗ったグラスが静かにカウンターに差し出されて、その中へ小瓶のハイネッケンが泡を立ててゆっくり注がれた。「お待たせしました」と言われて声の主と目を合わせた。目元が涼やかに微笑んでいた。

カウンターの向こうが一段低くなっているのだろう。わずかに視線は下向きだった。「ときどき店の前をお通りになっていらっしゃいましたね」と言われてドアの向こうに目をやった。するとドアの横のステンドガラス風の小窓のガラス越しに、通りを歩く人影が街灯の明かりに照らされて意外なほどはっきりと見えたのだった。

形のよい鼻が横顔を引き立てる。穏やかな口元は落ち着いたルージュで引きしまり、微笑んだときの左頬の小さなえくぼが若々しい。三十代後半の落ち着いた雰囲気だった。

一気に飲み干したビールの後で、コーヒーをサービスしてくれた。話すこともなくその時は二十分も居なかったけれど、何となくほっとした気分で店を出た。どこかが癒されたような気がした。

その後何回となく立ち寄ったが長居したことはなかった。わずかな時間を過ごせばよかった。

「ときどき山に登っている」と言いながら、冬の硫黄岳から見た雪が付いた赤岳の写真を四つ切りに引き伸ばして持って行ったことがあった。それを木製の額に納めて壁に飾ってあった。

次の年、職場の忘年会の二次会で幹事についていった先が『カトレヤ』だった。我々のほかに客はいなかった。それまでどこの誰とも告げないままに過ぎていたが、地元の職員の一人が話したようだった。女主人の名は美和と言った。子供二人を抱えて三、四年前に夫と別れて郊外の実家近くで生活しているとのことだった。別れた夫は高校の教師だったという。何が原因で別れたのかは聞こうともしなかった。

職場の者は、キネヤ薬局の卓球練習の帰りのことも、まして壁にかかった雪山の写真のことも知らない。いつものカウンターではなく、テーブルで仕事がらみの話をしていた。有線放送のＢＧＭがサムテーラーのテナーサックスで『ダニーボーイ』を流している。

「ママが『踊りたい』と言っています」と誰かが言ってきた。ずっと以前に少しばかり習ったダンスでは満足なステップは踏めない。しかしこの狭いフロアーを承知で言っているのだからと立ち上がった。

少し奥でどうなるだろうかと多少不安げな面持ちで待っていた美和とゆるやかに指を組んで左手の先で彼女の肩甲骨の下をそっと抱いた。テナーサックスの調べでゆっくりと靴先を滑らす。

仄かに香水が漂ってくる。ブルースはフロアーの狭さに合わせてチークダンスになってしまう。少し細身の体を引き寄せるとブラウスを通して意外に温かい体温が伝わって来た。サックスの音色が消えて曲が終わったとき、思わず「ありがとう」とつぶやいた。美和も小声で返していた。何か少し近づいたような感じがした夜だった。

やがて三年の月日が過ぎて岩村田を離れる日が近づいてきた。三月に入って春はもう目の前に来ていた。このころになると雪は、寒さの厳しい東信州の佐久でも少し水気を含んだぼたん雪になる。積もれば雪国らしくなるが、なかなか積もらない。せいぜい二、三十センチだ。春の雪は日差しにたちまち融けて道路を泥まみれにして歩きにくい。

そろそろキネヤ薬局での卓球練習の日々も終わりが近くなったある夜、夕方から春の雪が降って積もり始めていた。

いつものようにドアを開けて覗くと美和がカウンターの奥の椅子に座って文庫本を読んでいた。見回すと誰も客がいない。「今夜は店を開けてしばらくして二組くらいお客さんが来てくれたのですけれど、その後ずっとこの状態なのでもう閉めようかと思っていたところでした」と言う。

あのダンスの夜以来お互いにある程度の身上は知り合っていた。美和の長女は高校の受験が迫っていた。無事に合格させたいという母の願いが言葉の端々にあふれている。二人の別れが近いことは互いに知っている。

突然「小公園に行って見ませんか？」と美和が言う。意味がつかみきれないまま、店を閉めて歩き出した彼女と肩を並べていた。大通りの裏側に小公園はあった。歩いて三分の近さだった。ブランコやシーソーの遊具があって昼間は育児中の母と子の遊び場である。

今は夜の十時に近く人っ子一人いない。十センチくらい雪がベンチに積もっている。その雪を払って腰掛けた。ときどき大通りを走り抜けて行く自動車のほかに聞こえる物音はない。こんな雪の夜は一層静かである。

「ブランコに乗りましょう」とはしゃいだように言う美和に誘われて、二つ並んだブランコに腰掛けてゆっくり漕いでみる。

いつのまにか雪は止んでいる。それぞれの思いに落ちて、二人に言葉はなかった。春の雪が真っ白に辺りを覆っている。

物静かで知的な雰囲気の美和のどこに、このような感情のままに身を委ねられるものがあるのだろう。降り積もった新雪をみつめながら、時が止まったようにブランコに揺られていた。

あとがきにかえて

信州小布施にある北斎美術館で小野小町の一生を画いた作品を見たことがあった。若い日、美人の誉れ高かった小町が、年老い肉が削げてやせた体となり、白髪が乱れて目を剥いた老婆と変わり果てた姿が画かれていた。衝撃的であった。

そこには枯木立と寒風が吹き荒ぶ中、裾を乱してさまよう老いた女人の姿があった。一瞬息を呑むほど鬼気迫るものが表現されていた。

人は必ず老いるという現実が赤裸々に画かれていたのだった。

この一連の絵の最後の情景は画くまでもなくそこに暗示されている。小町にこれから先はないということである。

これはこの世に在るすべての生物の絶対的な事実なのだ。年々歳々咲く桜も同じではない。感情移入して見る我々の目には自然は一見変わらないように見える。

しかし詩と真実との間には越えることのできない断絶がある。

この当たり前の事実を、それがあまりにも当たり前なので我々は見過ごしてしまうのかも知れない。

このごろになって、この当たり前ということが妙に気になるようになった。当たり前に過ごすという日常が楽でなくなったように思う。

亡くなった母がときどきこぼしていた。「年をとってみないと分からないことがいっぱいあるよ」と。

それは自問自答だったかも知れない。少し前まで同じようにできたことが、そのようにはできなくなってしまう。その自分に対する歯がゆさが、つらく悲しいことだったと思う。

遠く過ぎた夏の日冬の日、ひたすらに山々を歩き回った。気力も体力もみなぎっていた。

それはあの時だからこそできたのである。

しみじみとそのような日々があったことに幸せを感じる。ひるむことなくやってよかった。それができた環境に感謝している。

おわりにこの本を出版するに当たってお世話になった編集者梶邦夫氏に深く感謝致し

ます。

思い出ずる記

亡き妻勝代を偲んで思い出でるままに書き残しておこうと思う。

昭和三十年四月私は静岡大学教育学部に入学した。

三年間の東京芝浦電気富士工場の工員生活を経て、これからは好きな本を思いきり読めるという開放感に胸を躍らせていた。父も母も教員だった。中堅技術者という工員生活を、この先ずっと続けていくことに漠然とした不安を抱いていた日々の生活の中で見つけた一つの道であった。それは自分探しの旅の中で得た結論であった。しかしそこにたどり着くまでに十年の歳月があった。

父周一は私が国民学校（この年から小学校は少国民にちなんで呼称があらためられた）二年生になって間もなくの昭和一六年六月二十日に亡くなった。死因は当時流行の結核であった。その後私たち兄弟三人は母ウタの手一つで育てられた。

昭和二十年八月一五日大日本帝国は米英国との戦争に敗れて無条件降伏した。国はまさに混沌の時代に陥った。同時に私の運命もその時代の波に翻弄された。国民学校六年生であった私は、来年静岡中学に進学するつもりで受験勉強をしていた。しかし敗戦は凄まじい程の物価のインフレーションと食糧難をもたらした。

祖父広吉と祖母きくは、米軍の空爆で焦土となる寸前の昭和十八年に静岡市馬淵八丁目の住宅を処分して生まれ郷里の富士郡芝富村西山に帰住し、近隣では突出して田畑山林を所有していた祖母の実家から自給自足できる程度の田畑を譲り受けて農業で生計を立てていた。

祖父母の末子で叔父にあたる勲は仙台の高等工業専門学校の応用化学科に在学していたが、卒業を繰り上げて海軍士官候補生を志望し、青島（チンタオ）での短期訓練を終え、海軍技術少尉として佐世保の海軍工廠で軍務に就いていた。しかし既に制空権を奪われていた大日本帝国日本は、米空軍の空爆に曝されその真っ先の攻撃目標となった海軍工廠は、昭和十八年十月三十日、Ｂ29爆撃機による空爆を受けて叔父は戦死してしまった。享年二十二歳の若さであった。

跡継ぎを失った祖父母は直系の私をそれに充てるため、思ってもいなかった静岡農学校の農業科に進学することになった。まだ旧民法下で戸主であった祖父の言に母は逆らうことができなかった、母もまた旧体制下の人であった。

戦争で莫大な人的物的損害を受けた日本国だったが、戦後の復興は目覚ましいものがあった。国民全体に復興への力が満ち溢れていた。その源は黒いダイヤと言われた石炭産業と水力発電だった。戦後間もなくから工事が着手された各地のダムがつぎつぎに完成し電力供給が開始した。食糧事情が安定化すると私の進路は工業高校の電気科ということになった。昭和二十二年学制改革で六・三制となり工業学校は高校に編入し三年制となった。同校を卒業して東京芝浦電気富士工場に就職したのだった。静岡市新富町六丁目の住居から毎朝六時には自転車で通勤した。当時は松坂屋の裏側辺りには自転車預り所があった。工場の始業時間が七時四十五分だったので六時二十五分発の電車に乗らなければならなかった。同じ工業高校から十人前後の者がこの工場に通っていた。

通勤の電車の中で家にある本を片端から読んだ。弟の智は東京大学法学部を目指して受験勉強に集中していた。私はこの読書の中で思想家倉田百三の著作に惹かれた。そして「生きる」ことの意味を深く考える端緒をつかむことができた。そして工員生活二年目の秋ごろから大学受験を目指すことを決めた。しかし実業高校だけの授業しか受けていなかった自分は、受験を目指す普通制高校生との学力差が歴然であることを知った。そこで工場近くに下宿して一年間受験勉強に没頭することにした。工場で知った人の紹介で下宿先を決めることができた。

工員三年目の一年間は弟の受験本を借り、また昼休みは倉庫の中で旺文社の赤単で英語の単語を暗記した。当時受験科目は八科目、一年先に夢をかけた二十歳の全力疾走であった。

そして翌年三月静岡大学教育学部一部一類に合格した。教育心理学研究会と称するサークルがあった。そこに入会して間もなくの五月新人歓迎の遠足があった行き先は三保の海岸だった。そこで初めてのちに妻となる塩川勝代に会った。その時は見かけただけだったが、感じのいい女性だなとの印象だった。

その後も義兄の自転車の後ろに座って学生食堂に入っていく姿を垣間見ただけだった。

夏休みはテントを担いで、サークル仲間の松尾、村松君を誘って湯田中温泉から渋峠を草津に下って軽便鉄道で軽井沢に至り、神津牧場を経て松原湖へと高原歩きをした。青年期特有のワンダーフォーゲルである。

秋になると胸の内から更なる上昇志向が沸き上がってきた。旧帝国大学系の大学への編入試験を受けてみようと思った。東大は編入制度がなかったので京都大学か東北大学に絞った。結局生活費のコストと叔父勲が仙台での学生生活の断片をアルバムに残してあったので東北大学文学部心理学科に決定した。再び受験勉強である。

二年生になって目的達成の走りが始まった。そんな時六月サークル仲間の二年生の集まりが護国神社の境内の広場であった。二十人くらいだったろうか。皆それぞれの自己紹介をしあった。私は編入試験を目指していると意思を明示した。勝代は「平凡な人生を送りたい」と言っていた。あまり迫力のない生き方だなと思った。そのころ私は知人に贈与された器具で、写真の現像やプリントを押し入れの片隅を利用してやっていた。

護国神社でのあつまりの集合写真をプリントして全員に配布した。たまたま通学路が同じ道だったので帰り道で出会った際に写真を配布してくれるように依頼した。これが彼女に声掛けの初めであった。その後、時々帰りに一緒になって話しかけをするようになった。

当時勝代は義兄と一緒に、西草深の静岡教会の裏側の元市会議員の広瀬修造氏の洋館に下宿していた。

夏休み来春の編入試験に備えて語学力を補強する必要があった。そこで、弟の智が東大受験に備えて駿河台予備校に通うため寄宿した新宿区西中野の福本材木店の寮に寄宿した。夏休みで帰省した学生の部屋が空いていたので智に紹介してもらいそこに寄宿した。ドイツ語は紅露外語、英語は正修学校、フランス語はアテネフランスに通った。いずれも御茶ノ水から神田通り界隈にあった。

その間二、三度の文通があった。夏休みの終わり八月三十一日の夕方、静岡浅間神社の百段の石段の下で落ち合った。その時は神社の裏山を散歩した程度であった。秋になって大浜公園に行ったこともあった。当時は自転車の二人乗りが許されていた。

ジェームスディーン主演エリアカザン監督の「エデンの東」を見たこともあった。旧約聖書のカインの末裔をからませたストーリーである。旧約聖書を読んだことがある勝代は少し得意気にその話をしていた。

受験に集中していた私は勝代とのデイトを度々した記憶はない。秋が深まったころ親友の長谷川利治君と東芝時代にお世話になった小林哲子さんを誘って田貫湖にハイキングしたことがあった。

翌年三月早稲田大学の編入試験を受けて合格した。これはいわば二年前に落とされたリベンジである。入学金が五万円だった。私は一応入学金の納入を一週間待って貰えないか学生課に交渉したが聞き入れてもらえなかった。私は一抹の不安もあったが、そのまま仙台に向かった。受験は二日間、科目は英語、日本史、国語、心理学であった。その年弟の芳正は一ツ橋大学の受験に失敗して浪人することになっていた。自分の予備校入学金を早稲田に廻すといって学生課に持参したが、期限切れで断られたという話を帰宅後に聞いた。

将に背水の陣である。当時の仙台駅は戦後を引きずっていて、木造で蒸気機関車の煤を浴びた駅舎は薄汚く貧相だった。大学近くの宿屋に二泊して受験した。手ごたえは充分だった。仙台への往復は夜汽車だった。急行に乗る運賃を削って毎度のことだった。受験を終わって帰る日の夕方、駅近くの食堂で軽い夕食を済ませた。食堂のラジオが「遥かな尾瀬――」を流していた。そのメロディーが、茜の空に溶け込んで今も聞こえてくるような気がする。

合格して仙台に向かう前日だったか、護国神社の広場の芝生に寝転んでこれから先を話し合った。そして夕方境内の裏山で初めて軽く接吻した。勝代は「よかった」と小さくつぶやいた。遠く仙台に離れてしまう生活に多少の不安があったのかもしれない。仙台に着いたその日のうちに下宿先が決まった。保春院前丁十七番地の太田勇氏方だった。振り返ると本当に良いご家族だった。早速駅留めにしてあった布団とやなぎごおり一つを運び込んだ。座り机を家具屋で買って勉学の態勢を整えた。ひたすら励むのみである。私としては大学院まで進学して将来は学者になろうと考えていた。恩師の島谷俊三先生もそれを期待しているかに思えた。心理学科の同期生は女子一人を入れて十四名だった。

当時は手紙以外に交流の手段はなかった。ひと月に二、三回のやり取りだった。勝代は富士宮市立黒田小学校に奉職して自転車で通勤していた。ピカピカの自転車を支えて家の近所の柿の木の下で微笑んだ写真が同封されてきた。

夏休み帰省する途中富士川の土手で会ったこともあった。まだ蓬莱橋はなく松野と富士宮は渡し船が行き来していた。二人とも若く青春の真只中だった。そして仙台に帰るときは東田子の浦駅で落ち合い、海岸で引いては返す波を見つめていた。その頃のスナップ写真がアルバムに残っている。

二年の歳月が過ぎていた。当初大学院進学を考えていた私は五年も引き延ばすことに懸念を感じ、家庭裁判所調査官と心理職の上級公務員試験を受験したところいずれも合格した。同期の何人かも受験したが両方合格したのは私だけだった。こうして私は胸の底に心残りはあったものの振り切って家庭裁判所調査官として世に出ることにした。

卒業式には母が勝代を同行した。講堂が再建されていなかったので式は体育館で挙行された。

仙台を離れる前夜太田さんのご夫婦が、私たちのため祝い膳をふるまって下さった。おばさんは毎回の手紙を見て勝代がどんな女性かに興味を持っていたようだった。勝代は太田さんご夫婦にすっかり気に入られたようだった。それは翌朝お別れの時、バスの停留所まで送ってくれたおばさんが「塩川さんお幸せに」と精いっぱいの声を張り上げていた姿に感じられた。

初めて乗った東北本線上野行き急行の車中で前の座席の見知らぬ男性が、突然「私は占いを少しやるので貴方の手を見せて下さい」と言って勝代の手を取った。しばらく見ていたが「あなたは七人の人を幸せにします」と言った。その七人が誰であるか分からないが私がその一人であることは間違いない。

その年の四月恩師の島谷先生にお願いして、勝代の家に出向き婚約のお膳を囲んだ。勝代の父実は熱心なキリスト教徒で富士宮教会の古老だった。

そして昭和三十五年三月二十日学生時代に勝代が下宿していた西草深町の広瀬修造氏宅の前にある静岡教会で、深町正勝牧師の司祭によって挙式した。披露宴は中島屋ホテルのホールだった。

この日から私たちは人生を共に歩き始めた。昭和三十六年長女が、同四十年に長男を授かった。

昭和、平成、令和と出会ってから六十五年、勝代は令和四年五月三十一日、病の中八十五年の生涯に終止符を打った。

思えば本当に良い妻であった。

著者略歴

清　雄策（せい・ゆうさく）

１９３４年　静岡市生まれ
１９５９年　東北大学文学部心理学科卒業
　　　　　　家庭裁判所調査官に任官、少年事件を担当する
１９６９年　家事事件担当となり、夫婦・親子・相続など家族間の紛争に関わる
１９７５年　簡易裁判所判事に任官、民事刑事事件を担当する
２００２年　同人誌「新樹くらぶ」入会
２００４年　簡易裁判所判事定年退官
２００５年　家庭裁判所調査官に任官
趣　味　山登り　１９９４年日本百名山完登
著　書　「山に癒される―裁判官を支えた山」山と渓谷社
　　　　「家族崩壊の光と影―ある家裁調査官の回生への祈り」角川学芸出版

人生シネマ
歳月、そしてて家族の情景

2023年8月31日発行

著　者　清　雄　策

発行者　向田翔一

発行所　株式会社 22 世紀アート
〒103-0007
東京都中央区日本橋浜町 3-23-1-5F
電話　03-5941-9774
Email: info@22art.net　ホームページ：www.22art.net

発売元　株式会社日興企画
〒104-0032
東京都中央区八丁堀 4-11-10 第 2SS ビル 6F
電話　03-6262-8127
Email: support@nikko-kikaku.com
ホームページ：https://nikko-kikaku.com/

印刷
製本　株式会社 PUBFUN

ISBN：978-4-88877-244-0